Coordenação editorial
Barba Negra

Direção de Arte e Design
Retina 78

Revisão
Margô Negro

Produção Editorial
Maria Clara Carneiro e Sonnini Yura

Foto capa
Leandro Pagliaro

Impressão
Gráfica Santa Marta

Dados internacionais de catalogação na publicação (CIP-Brasil)
Ficha catalográfica elaborada por Oficina Miríade, RJ, Brasil.

L161 Lafayette, Daniel
Ultralafa : o mundo paralelo do nosso dia a dia / Daniel Lafayette.
– São Paulo : LeYa/Barba Negra, 2011.
176 p. : il. color.

ISBN 978-85-8044-031-7

1. Histórias em quadrinhos. I. Título.

11-0089 CDD 741.5

Texto editores ltda.
uma editora do grupo Leya
Av. Angélica, 2163, conjunto 175 - 01227-200
Santa Cecília - São Paulo - SP - Brasil
www.leya.com

DANIEL LAFAYETTE

ULTRALAFA

O MUNDO PARALELO DO NOSSO DIA A DIA

BARBA NEGRA

EU CRIEI UM MONSTRO!

Lembro da época que conheci o Daniel: foi no Rio de Janeiro por volta do ano de 2000. Ele chegou na minha casa, tímido, com a tradicional pastinha gorda debaixo do braço. Me pediu dicas e tal e eu o incentivei a continuar porque me dei conta do seu talento e qualidade dos seus quadrinhos.

De lá pra cá, Daniel vem conquistando espaço e melhorando a cada dia. Cada vez que visito seu blog me impressiono e também me divirto pra cacete.

Eu adoro e me identifico muito com o seu trabalho... com seu tipo de humor e seu traço, moderno e sem frescuras. Acho que somos da mesma turma, bebemos das mesmas influências. Ganhei um amigo e posso dizer que sou fã do Lafa (só para os íntimos)!

O blog dele é um dos poucos que mantenho nos favoritos do meu navegador.

Mas ninguém melhor para falar do Daniel do que ele próprio: "Adão, eu ainda fico meio sem graça de te pedir que você escreva o prefácio do meu livro. Não sou muito diferente daquele cara que apareceu no teu apartamento com umas tirinhas há mais de dez anos atrás."

Isso é verdade. Pode ser que ele não seja muito diferente (encaro isso como uma virtude - ele não ter mudado) mas seu trabalho de lá pra cá evoluiu de maneira impressionante.

Indiscutivelmente, Daniel é um dos melhores cartunistas da nova geração.

É... eu criei um monstro, no bom sentido, é claro.

Adão Iturrusgarai

dia a dia
episódio 01

SENHORAS E SENHORES, AGORA COM VOCÊS, O MAGNÍFICO ZOLTAN!
E SUA ASSISTENTE SUUUELEEEN!
ZOLTAN, O MESTRE DA DESILUSÃO.
POR QUE, SUELEN?
LAFA
JÁ VEJO O VÉU DA MORTE QUE, GRADUALMENTE, VAI IMPEDINDO A LUZ DE TOCAR O MEU SEMBLANTE...
EIS-ME AQUI, OH DOCE E VENENOSA ORQUÍDEA DOS TEMPOS. ARRANCA MINH'ALMA DESSE DESGASTADO SOLO.
ABAFA MEU PRANTO. LEVA PRA LONGE MINHAS MEMÓRIAS. ENCERRA ESSE DESTINO QUE NÃO TEM MAIS PRA ONDE CORRER...
BARATAS DEMORAM PRA MORRER.
OH MORTE... LEVA CONTIGO ESSA...
OLÁ, SOL!
BOM DIA, NUVEM!
OLÁ, ÁRVORE!
TÁ FALANDO COMIGO?
ASSISTIU TAXI DRIVER DE NOVO, ÁRVORE?
VOCÊ TÁ FALANDO COMIGO?

EU MORRI E QUERO RESSUSCITAR.
IH RAPAZ, ISSO É UMA BUROCRACIA... VOCÊ CHEGOU QUANDO?
TEM TRÊS DIAS.
VOCÊ DEVIA TER FEITO UM REQUERIMENTO LOGO QUE CHEGOU...
VOCÊ SABE DE QUEM EU SOU FILHO?!

VOVÓ, QUE ORELHAS GRANDES VOCÊ TEM!
É PRA TE OUVIR MELHOR.
QUE NARIZ GRANDE VOCÊ TEM, VOZINHA!
É PRA TE CHEIRAR MELHOR.
E QUE DENTES GRANDES VOCÊ TEM, VOVÓ!
AS COISAS QUE TENHO QUE ATURAR POR UMA CESTA DE COMIDA...

FILOSOFIA
QUEM SOU?
ONDE ESTOU?
PUTZ... QUE RESSACA!

GROCK, TRAGO MÁS NOTÍCIAS.
QUE FOI?
VÃO CORTAR AS VERBAS DESTINADAS AO PROJETO DA DESCOBERTA DO FOGO.
MAS EU ESTOU QUASE CONSEGUINDO FAZER FOGO!
NÃO ME TIREM OS GRAVETOS!
PARECE QUE A BOLA DA VEZ É A INVENÇÃO DA RODA.
GROCK,,, ELES VÃO PRECISAR DOS GRAVETOS.

DEBAIXO DE CHUVA INTENSA, O RECRUTA CARINHOSO SE APROXIMA DAS BASES INIMIGAS.
DE REPENTE, O BRAVO SOLDADO NÃO MAIS SENTE A CHUVA O CASTIGANDO.
SARGENTO NERVOSINHO VEM AJUDAR SEU HOMEM. SEU ATO DE CORAGEM É EM VÃO...
FOI ATINGIDO POR UMA NHÁ BENTA... NADA POSSO FAZER.
NÃO PERCA A PRÓXIMA SÉRIE DE TIRINHAS...
GUERRA FOFA
MALDITOS TELETUBBIES!

O INCRÍVEL HOMEM-BALA PERDIDA.

ACHEI QUE VOCÊ FOSSE UM SUPER-HERÓI DE VERDADE, MAS VOCÊ É UM EMBUSTE!!!
MA... MA...
ESTÁ TUDO ACABADO! NÃO ME LIGUE, NÃO MANDE E-MAILS NEM DEIXE SCRAPS!
MA... MA...
ADEUS!
USANDO SEUS PODERES TELEPÁTICOS, NOSSO HERÓI TENTA SE COMUNICAR COM SUA AMADA.
VOCÊ NÃO TEM PODERES TELEPÁTICOS, IDIOTA!
FIM

FALEI QUE COLOCAR UMA MESA DE SINUCA NA SALA NÃO ERA UMA BOA IDEIA...

ALGUNS MOTIVOS PARA NÃO IR À PRAIA NO FINAL DE SEMANA

CRIANÇAS JOGAM AREIA EM VOCÊ.
CRIANÇAS JOGAM BOLA EM VOCÊ.
CRIANÇAS SE JOGAM EM VOCÊ.
PENSA RÁPIDO, TIO!
BUNDA DE VELHA.
BUNDA DE VELHA, USANDO FIO-DENTAL.
BUNDA DE VELHA, USANDO FIO-DENTAL, UNTADA DE BRONZEADOR.

QUANDO O VENTO BATE FORTE, É MELHOR TOMAR CUIDADO...
MELHOR TOMAR MUITO CUIDADO COM O...
GUARDA-SOL ASSASSINO
TUBARÃO!!!
ARRASTÃO!!!
TSUNAMI!!!

O IDIOTA DA MONTANHA.
IDIOTA DA MONTANHA, VOCÊ SE ALIMENTA DE QUÊ? INSETOS?
NÃO.
COME PLANTAS?
NÃO.
LIMO?
NÃO.
ENTÃO O QUÊ?
PEGO PIZZA POR TELEFONE.
GIGIO'S
SOCORRO!
ME AJUDA!
SOCORRO!
TENHO QUE ADMITIR: EM MATÉRIA DE IDIOTICE, ESSE CARA ATINGIU O NIRVANA...

Lafayette depois de Allan Sieber

IT'S A MAD, MAD
MÉÉÉÉD!
WORLD
IT'S A MAD, MAD,
MÉÉÉD!
WORLD
IT'S A MAD, MAD
MÉÉÉÉD!
WORLD
IT'S A MAD, MAD,
MÉÉÉD!
WORLD
IT'S A MAD, MAD
MÉÉÉÉD!
WORLD
IT'S A MAD, MAD,
MÉÉÉD!
WORLD
IT'S A MAD, MAD
MÉÉÉÉD!
WORLD
IT'S A MAD, MAD,
MÉÉÉD!
WORLD
IT'S A MAD, MAD
MÉÉÉÉD!
WORLD

MÉÉÉÉD!

ELA VAI MATAR O PRÓPRIO FILHO!

VAMOS MIRAR NAQUELA ESTÁTUA!
PREFIRO OS ALVOS MÓVEIS...

OLÁ, EU SOU A SAIDEIRA!
AE, PESSOAL! O CARA ACHA QUE É A SAIDEIRA!
HA, HA!
OTÁRIO.

FOFOCA NA ESTRELA DA MORTE.
TÁ SABENDO QUE O DARTH VADER É PAI DO LUKE SKYWALKER?!
PÔ, EU NEM SABIA QUE ELE ERA PAI...

MÉÉÉÉD!

-VOCÊ VIU?! SAÍRAM COM TANTA PRESSA QUE ESQUECERAM ISTO!
-É... MAS PELO CHEIRO JÁ ESTÁ COM A VALIDADE VENCIDA...

CÓDIGO MORSA
PI-PI-PIII-PI

SE O AVIÃO TIVESSE SIDO INVENTADO POR UM AUSTRALIANO.

MÉÉÉÉD!

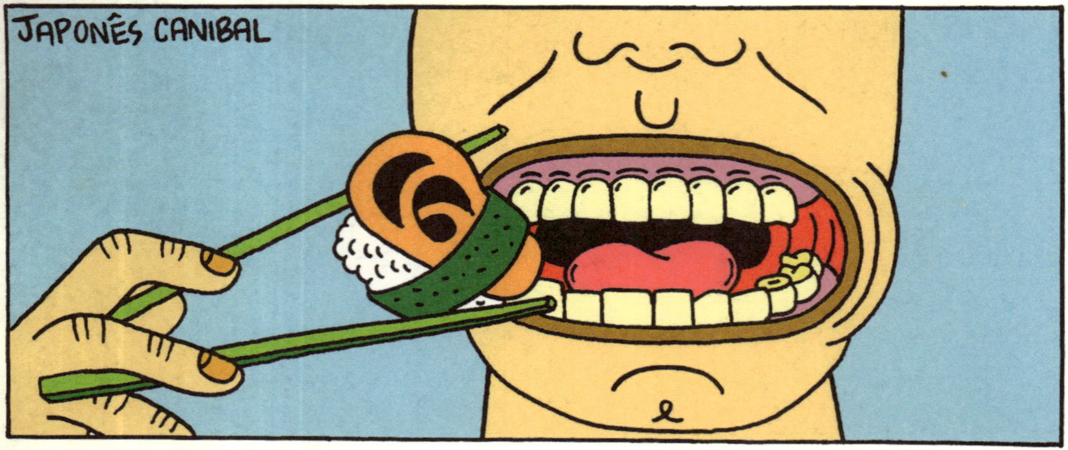
JAPONÊS CANIBAL

TINKY WINKY VOLTOU A BEBER...
DE NOVO!

FLINTSTONES ENVOLVIDOS EM COLISÃO AÉREA.

HAMSTERS QUE VIVEM PRESOS TÊM SEUS PRÓPRIOS CÓDIGOS DE CONDUTA.
PERDEU, X-9.

MÉÉÉÉD!

VÊ SÓ 50, QUE NÃO QUERO QUEBRAR A DIETA.
LEVA 60 POR 59!
AMENDOÍM

DR OCTÓPUS LENDO UMA REVISTA NO BANHEIRO.

ESTRATOSFERA?! PERAÍ, ESSE ÔNIBUS PASSA EM VILA ISABEL?

PIRATAS COM OSTEOPORØSE

MÉÉÉÉD!

LAFA

OS MELHORES PROFISSIONAIS DO MUNDO

Os Piores Profissionais do Mundo!!!
O EQUILIBRISTA DE PRATOS...
GREGO.

OS PIORES PROFISSIONAIS DO MUNDO

HAJI

O AÇOUGUEIRO INDIANO
ISSO NÃO ESTÁ CERTO.

ME SINTO SÓ...
VOCÊ NÃO ESTÁ SÓ, AMIGO!
E COM FOME.

ÂNIMO, CARA!
VAMOS TODOS MORRER SOZINHOS MESMO...
VOCÊ NÃO É MUITO BOM ANIMANDO OS AMIGOS...
SOU, MAS VOCÊ É AINDA MELHOR DESANIMANDO.
DISSE PARA A MINHA PSICÓLOGA QUE GOSTO DA SOLIDÃO... QUE GOSTO DELA PORQUE ELA NÃO ME REJEITA...
E O QUE ELA DISSE?
QUE SOU LOUCO...
HMM...
CHEGA! TENHO QUE SAIR DA FOSSA!
GARÇOM! CERVEJA!
TÁ QUENTE.

POR QUE VOCÊ TÁ DEPRIMIDO, AFINAL DE CONTAS? MULHER?
NÃO. É POR CAUSA DO AQUECIMENTO GLOBAL... SÉRIO, TEMOS QUE FAZER ALGO PELO FUTURO DAS CRIANÇAS...
QUAL É O NOME DELA?
CARLA.
CLICK!
BANG!
MELHOR DE TRÊS!
QUE GARRAFA EMPOEIRADA.
PUF!
OLA... IC! EU ZÔ O GÊNIO DA GARRAFA... IC!
VOZÊ TEM DJIREITO A SEIX... DIGO, TRÊX... DOSES DE WISKY?!
GÊNIO

OS ARQUIVOS SECRETOS DA NATIONAL GEOGRAPHIC
O PANDA É UM ANIMAL DÓCIL...
MAS ODEIA SER FECHADO NO TRÂNSITO.
OS ARQUIVOS SECRETOS DA NATIONAL GEOGRAPHIC
O CANGURU É UM MARSUPIAL, OU SEJA, SEUS FILHOTES SE DESENVOLVEM DENTRO DE UMA BOLSA.
MAS ELA USA A BOLSA PARA GUARDAR OUTRAS COISAS TAMBÉM.
OS ARQUIVOS SECRETOS DA NATIONAL GEOGRAPHIC
O PAVÃO LEVANTA SUAS PLUMAS PARA CHAMAR A ATENÇÃO DA FÊMEA.
CLÓVIS BORNAY?!

OS ARQUIVOS SECRETOS DA NATIONAL GEOGRAPHIC
O LAGARTO DO MÉXICO, QUANDO AMEAÇADO, INICIA UMA ESTRANHA DANÇA, QUE DEIXA O PREDADOR EM POTENCIAL HIPNOTIZADO.
LA CUCARACHA ♫ LA CUCARACHA...
OS ARQUIVOS SECRETOS DA NATIONAL GEOGRAPHIC
O HIPOPÓTAMO É HERBÍVORO.
MAS QUANDO NÃO HÁ NINGUÉM POR PERTO...
SÃO DUZENTOS CHEESEBURGERS.
OS ARQUIVOS SECRETOS DA NATIONAL GEOGRAPHIC
OS SURICATOS VIVEM DENTRO DE CAVERNAS SUBTERRÂNEAS, PROTEGIDOS DE SEUS PREDADORES.
INFELIZMENTE HÁ UMA NOVA LEI QUE PROÍBE OS SURICATOS DE FUMAR EM LOCAIS FECHADOS.
ESSE VÍCIO AINDA ME MATA...

ATOMIC boy
OLÁ! ME VÊ 100 GRAMAS DE PEITO DE PERU DEFORMADO.
VOCÊ QUIS DIZER "DEFUMADO".
NÃO. QUERO UM PEITO DE PERU COM TRÊS MAMILOS.
LAFA

ATOMIC boy
TIO, JESUS TE AMA!
JESUS TAMBÉM TE AMA, FILHO.
1º DE ABRIL!
LAFA

VOCÊ VAI MORRER EM UM ACIDENTE HORRÍVEL.
VOCÊ VAI MORRER DEVORADO POR LOBOS.
DESCULPE, MAS VOCÊ TEM QUE MARCAR A CONSULTA COM ANTECEDÊNCIA.
QUER PEDIR UMA CERVEJA?
UM FRANGO À PASSARINHO VOCÊ NÃO VAI NEGAR, VAI?!
ME DIGA, AMIGO, O QUE VOCÊ FAZ?
EU SOU A MORTE.
PELO MENOS QUEBRAMOS O GELO.

EU VIM PARA LEVAR SUA ALMA.
EU NÃO TENHO DIREITO A ASSISTIR UM FILME DA MINHA VIDA?!
SEIS REAIS COM A CARTEIRINHA DE ESTUDANTE.
POSSO VER O TRAILER?
MEIA-NOITE LEVAREI TUA ALMA!
MAS AINDA NÃO SÃO NEM ONZE HORAS!
CARA, DESCULPE, É ESSE LANCE DE HORÁRIO DE VERÃO.
TRANQUILO.
VOCÊ JOGA XADREZ?
ESTÁ NA HORA DE IRMOS.
PREPARE-SE PARA ENCONTRAR SEU CRIADOR.
OLÁ!

DISQUE-PIADA COM
STEPHEN HALKING!
A FÍSICA QUÂNTICA NUNCA FOI TÃO DIVERTIDA!!!
O GÊNIO DA FÍSICA MOSTRA SUA VERVE CÔMICA! VOCÊ VAI ROLAR (PRESSUPONDO, É CLARO, QUE SUA MASSA SEJA X, E QUE Y SEJA A RAIZ QUADRADA DE 927) DE RIR!!!
HA...HA...HA. ESSA...FOI... BOA.
R$3,99 P/ MINUTO

CERVEJA
DE NOVO!
DEZ ENTRE DEZ TELETUBBIES PEDEM "DE NOVO"!
DE NOVO!
R$

R$
HANNIBAL LECTER GRILL
LIGUE JÁ!
2222-HELLO CLARICE
APROVEITE NOSSA QUEIMA DE ESTOQUE!!!
O HANNIBAL LECTER GRILL VEM COM:
- UM PORRETE
- SACO PRETO "ZIPLOC"
- LANCHEIRA TÉRMICA
- LIVRO DE ANATOMIA
POR APENAS:
R$ 199,99
AGORA VOCÊ IRÁ COMER SUA EMPREGADA... LITERALMENTE!
A GOD MOVIE
[CHRIST WARS]
CHRIST, I AM YOUR FATHER.
MARCELO R2D2
VAI SALVÁ?
BUDA THE HUTT
PADRE VADER

O MANUAL DO ESCOTEIRO PATINHO
APESAR DA APARÊNCIA DÓCIL, URSOS SÃO ANIMAIS PERIGOSOS.
SE VOCÊ SE DEPARAR COM UM, FAÇA COMO O ESCOTEIRO PATINHO: FINJA-SE DE MORTO.
FUNG! FUNG!
HA, HA! PARECE QUE O ESCOTEIRO PATINHO ENCONTROU UM URSO NECRÓFILO.

O MANUAL DO ESCOTEIRO PATINHO
O CANIVETE É O MELHOR AMIGO DO ESCOTEIRO PATINHO.
ACHEI QUE EU FOSSE O MELHOR AMIGO DELE!
O CANIVETE SERVE PARA TALHAR A MADEIRA NA FABRICAÇÃO DE LANÇAS, ESTACAS E ARMADILHAS ENTRE OUTRAS COISAS.
OU VOCÊ PODE USAR O CANIVETE PARA AMEAÇAR UM CASTOR.
MAIS AFIADO, SEU FILHO DA MÃE!

O MANUAL DO ESCOTEIRO PATINHO
O VERDADEIRO ESCOTEIRO PATINHO ENTENDE DE CAVERNAS.
QUE FORMAÇÃO ROCHOSA MAGNÍFICA!
QUE ESTRANHO... NUNCA VI UMA ESTALACTITE FAZER "BOING".
BOING
BOING BOING

O MANUAL DO ESCOTEIRO PATINHO
O ESCOTEIRO PATINHO ESTÁ HÁ HORAS TENTANDO FAZER FOGO.
QUACK! ALELUIA!
FUOSH!
ESSE TRABALHO TODO SÓ PORQUE EU PERDI O ZIPPO.

ESTE LOBO (A QUEM CHAMAREMOS DE HERMANN POR MOTIVOS PRÁTICOS E AFIM DE PRESERVAR SEU ANONIMATO) TEM GRAVES PROBLEMAS DE COMUNICAÇÃO QUANDO REUNIDO COM OS MEMBROS RESTANTES DE SUA ALCATEIA.

NOS PRÓXIMOS QUADRINHOS, RELATAREI ALGUNS DOS SINTOMAS OBSERVADOS QUANDO HERMANN, LUTANDO CONTRA SUA NATUREZA INDÓCIL E PARANÓIDE, TENTA SER UM LOBO SOCIALMENTE AGRADÁVEL.

SUA VIDA NÃO TEM SIGNIFICADO.
HERMANN TEM UMA PULGA NIILISTA ATRÁS DA ORELHA.
HERMANN SE FAZ DE CULTO.
SIM, CLARO, ÓBVIO, O PARNASIANISMO...
EU ADORO A DIVINA COMÉDIA.
EU TAMBÉM. SEM DÚVIDA O MELHOR FILME DO EDDIE MURPHY.
HERMANN FREQUENTOU A IGREJA DURANTE O TEMPO QUE NAMOROU UMA EVANGÉLICA.
SEGURA NA MÃO DE DEUS... E VAI!!!
BELO DIA, ROLOU UMA BANDEJA DE PÃO E VINHO PARA OS FIÉIS.
IRMÃO, ME VÊ UM POUCO DESSE SANGUE DE JESUS!
A DECEPÇÃO VEIO LOGO.
SUCO DE UVA. HISTÓRINHAS INFANTIS... SÓ FALTA O PASTOR FAZER GIRAFINHAS COM BALÕES E ISSO AQUI VIRA UMA FESTA DE CRIANÇA.

NÃO CONSIGO TER UMA BOA IDEIA PARA FAZER UMA TIRINHA...
ANDO EM CRISE. NÃO TÔ CONSEGUINDO VER O LADO PATÉTICO DAS COISAS.
OBRIGADO, EU ACHO...

VOCÊ JÁ VIU AQUELE FILME COM AQUELE ATOR?
VOCÊ PODE SER MAIS ESPECÍFICO?
QUE GANHOU AQUELE PRÊMIO! QUE ERA SOBRE AQUELA COISA!
MAS POR QUE VOCÊ NÃO DISSE ISSO ANTES? CLARO QUE VI!
É BOM?

É TÃO BOM
QUANTO
PARECE.
LAFA

SOCORRO!!!
-VOCÊ OUVIU ALGUMA COISA?
-NÃO.
VOCÊ CONHECE ESSA PESSOA?
ISSO É A FOTO DE UM CHIMPANZÉ JOGANDO SINUCA.
PERDÃO... FOTO ERRADA. É ESSA FOTO AQUI.
ISSO É UM VALE-REFEIÇÃO.
UM SANTINHO DE UM CANDIDATO A VEREADOR PELO PDT.
É ESSA AQUI. RECONHECE?
ISSO É UMA BANANA.
24 DEZEMBRO
25 DEZEMBRO
26 DEZEMBRO
27 DEZEMBRO
FELIZ NATAL ATRASADO.

OLÁ: SOU O DOUTOR KENSINGTON, RENOMADO PROFESSOR DE PALEONTOLOGIA.
SOU UM ARISTOCRATA INGLÊS, COMO VOCÊS PODEM TER PERCEBIDO PELA GRAVATA BORBOLETA E PELO CACHIMBO CURVILÍNEO QUE OSTENTO NO CANTO DIREITO DE MINHA BOCA.
COMO TODO ARISTOCRATA SOU VELHO, REACIONÁRIO, PRECONCEITUOSO E GOSTO DE SER SODOMIZADO DURANTE CULTOS PAGÃOS.
ESTE É MEU GUIA MUKANI BALTAZAR. ACOMPANHE-NOS EM NOSSAS AVENTURAS PELO MUNDO, À PROCURA DE RESPOSTAS PARA OS GRANDES ENIGMAS DA HUMANIDADE.
OI.

A HISTÓRIA DE
MUKANI
MINHA?
EU ESTAVA NA ÁFRICA FAZENDO UM DOCUMENTÁRIO PARA A NATIONAL GEOGRAPHIC QUANDO CONHECI O PEQUENO MUKANI.
UM DIA, SUA TRIBO FOI ATACADA POR TIGRES.
PERA AÍ... TIGRES NA ÁFRICA?
FOI DURANTE UM SHOW DE SIEGFRIED E ROY.
CRIEI TRAUMA DE MÁGICOS GAYS ALEMÃES.

A HISTÓRIA DE
MUKANI
TEM MAIS?
OS TIGRES DE SIEGFRIED E ROY MATARAM TODOS OS MEMBROS DA TRIBO.
TODOS MENOS UM: O PEQUENO MUKANI.
NA HORA EM QUE OS TIGRES SE PREPARAVAM PARA ATACAR MUKANI EU, DR. KENSINGTON, SAÍ DE TRÁS DA MOITA E OS MATEI COM MINHAS PRÓPRIAS MÃOS.
QUEM É ESSE CARA?

A HISTÓRIA DE
MUKANI
VIDA DIFÍCIL.
TRISTE.
ENTÃO O FANTASMA, DIGO; EU, DR KENSINGTON LIVREI O PEQUENO MUKANI DAS GARRAS DOS TIGRES.
APENAS UM TIGRE SOBREVIVEU. CONSEGUIU UM BOM ADVOGADO E HOJE VIVE EM REGIME SEMI-ABERTO.
ENCONTREI JESUS.
O PEQUENO MUKANI AGORA ESTAVA SEM PAI NEM MÃE. E, O QUE É PIOR, COMPLETAMENTE ÓRFÃO.
ACHO QUE VOU SER COVEIRO...

A HISTÓRIA DE
MUKANI
POR ESSA EU NÃO ESPERAVA.
QUANDO ME APROXIMEI DE MUKANI, ELE TENTOU SE COMUNICAR USANDO SUA LINGUAGEM PRIMITIVA.
PARLEZ VOUS FRANÇAIS?
TENTEI ME COMUNICAR MAS A BARREIRA CULTU-RAL ENTRE NÓS DOIS ERA INTRASPONÍVEL.
MIM, DR. KENSINGTON.
SACRE BLEU...
RESOLVI TRAZER COMIGO AQUELE JOVEM ÓRFÃO DE LÍNGUA TÃO EXÓTICA.
QUANDO CHEGARMOS À CIVILIZAÇÃO VOU TE COLOCAR EM UM CURSO DE FRANCÊS.
QUEL FOU...

A HISTÓRIA DE
MUKANI
WELCOME TO THE JUNGLE.
DE VOLTA AO MUNDO CIVILIZADO, TENTEI INTEGRAR MUKANI À CULTURA LOCAL, LEVANDO-O A JANTARES.
ELE MORDE, DR.?
ARF ARF ARF
ENSINEI QUE NA CULTURA CIVILIZADA NÃO IMPORTA QUEM VOCÊ É, MAS O QUE VOCÊ POSSUI.
MUKANI, NÃO É?
ELE APRENDEU RÁPIDO.
MUKANI, NÃO... ARMANI.

A HISTÓRIA DE
MUKANI
LIGA PRA MIM?!
MUKANI TEVE PROBLEMAS DE ADAPTAÇÃO. POR EXEMPLO, ELE SABIA QUE O CELULAR SERVIA PRA SE COMUNICAR COM QUEM ESTIVESSE LONGE.
MAS NA PRÁTICA, ELE NÃO ENTENDIA MUITO BEM.
Ai!
Ai!

AINDA NÃO ENTENDI POR QUE MAMÃE SE MATOU.
NÃO VEJO NENHUM BANCO. COMO ELA SUBIU ALI?
UÉ... EU DEI PEZINHO.
CARA, VOCÊ MATOU O CARTEIRO!
DEVE SER A PIZZA.
DING DONG
DEU R$17,90.
PIZZA
PIZZA

VOCÊ ESTÁ BRINCANDO COM MEUS SENTIMENTOS?! MEU DEUS, VOU ACABAR COMETENDO UMA LOUCURA!
É ISSO O QUE VOCÊ QUER?! QUE EU COMETA UMA LOUCURA?!
COSTUREI A BUNDA DE UM CHIMPANZÉ NUM PATO E FIZ ELE SE CASAR COM UMA TORRADEIRA. SATISFEITA?

MEU PAI ERA UMA HARLEY DAVIDSON.

NOVELA MEXICANA DO DIA-A-DIA
MARIA EDUARDA ESTÁ GRÁVIDA DO PRÓPRIO IRMÃO!!!
EU TE DISSE QUE A GENTE DEVIA TER CASTRADO ELA.

OLÁ, ISTO É UMA GRAVAÇÃO. DEIXE SEU RECADO APÓS O BIP. BIP...
PÔ, SOLANGE, JÁ TE LIGUEI 237 VEZES E VOCÊ NECA!
DAQUI A POUCO VOU COMEÇAR A TER UM COMPORTAMENTO OBSESSIVO... É ISSO O QUE VOCÊ QUER?!
MEU CELULAR TEM MP3 PLAYER, CÂMERA, 300 MB DE MEMÓRIA, ENTRADA USB, ACESSO À INTERNET E JOGUINHOS.
ISSO NÃO É NADA.
O MEU TEM FACA, LIXA, TESOURA, SACA-ROLHA E PALITINHO DE DENTES... TSSS
ROCKFIELD! AMIGÃO! ESTÁ NA HORA DE ACORDAR!
OPS... ESQUECI...
ELE ODEIA SEGUNDAS.

VOCÊ NÃO ACREDITA NUMA FORÇA SUPERIOR?
NÃO SENTE A MÃO DO SENHOR MOLDANDO O SEU DESTINO?
SIM! EU SINTO!
SE EU TIVESSE MAIS ARTICULAÇÕES EU ME AJOELHARIA EM LOUVOR AO SENHOR!
ALELUIA!
EU ESTAVA NO QUARTO DE VOCÊS E ENCONTREI...
ISTO!
É ESPINAFRE, TIO POPEYE!!!
SEMPLE ME ZOALAM POLQUE EU TENHO A LÍNGUA PLESA...
ATÉ A PILANHA DA MINHA NAMOLADA ME SACANEIA! POLA! QUE MELDA!
VEJA PELO LADO BOM: VOCÊ NÃO TEM PROBLEMA ALGUM POR ELA SER SUJA.
CALALHO...

DEIXA EU OUVIR O QUE VOCÊ TÁ ESCUTANDO NO SEU IPOD.
OK
UÉ,,, MAS SÓ TOCA MÚSICA BREGA!
CLARO!
LAFA
MEU IPOD É O NELSON NED!
TUDO PASSA, TUDO PAAASSARÁ

NÃO! AQUI, NÃO! LÁ FORA!
A RADIAÇÃO TÁ ENTRANDO! FECHA A ESCOTILHA!

O PAI DO PAULINHO É DONO DE UMA FÁBRICA DE AUTOMOVEIS.
É, O PAI DO PAULINHO É SINISTRO.
O PAULINHO TEM ATÉ CHOFER PRA LEVAR ELE NA ESCOLA.
QUERO SER QUE NEM O PAI DO PAULINHO...
SE LEMBRA QUANDO O PAULINHO FOI SEQUESTRADO?
CLARO! TER O FILHO SEQUESTRADO É UM PUTA SÍMBOLO DE STATUS.

E o fantasma disse a Hamlet:
Sou o espírito do teu pai.
Condenado, por um certo tempo, a vagar pela noite e a passar fome no fogo enquanto é dia, até que... mas que porra é essa???
UAAAH!
TSHUISH!
HA, HA! QUE PATO FEIO!
ELE CRESCEU E SE TORNOU UM LINDO CISNE.
HA, HA! QUE PATO GAY!
HELL KNIGHT QUER SER SEU AMIGO.
HELL KNIGHT,,, QUE APELIDO IDIOTA.
CAFA

MEU RELÓGIO BIOLÓGICO NUNCA ATRASA.
VOU ENTRAR NO CIO EM TRÊS SEGUNDOS.
3...2...1
FUNG FUNG
DEVERIA SER PROIBIDO TRAZER HUMANOS PARA A PRAIA!
MÓ PORCARIA!

TÔ SAINDO DE CASA!
LEGAL, CARA! MAS VOCÊ ACHA QUE ESTÁ PRONTO?
TRANQUILO!
TÔ LEVANDO A MAMÃE!
VOCÊ VIU O JOCA?
NÃO, POR QUÊ?
ELE TÁ TODO METIDO, DESDE QUE ELE ROUBOU...
EL TORO, O LUTADOR DE LUTA LIVRE.
OS ALBUQUERQUE SÃO BURGUESES DECADENTES QUE TENTAM DE TUDO PARA MANTER AS APARÊNCIAS.
A MÁ NOTÍCIA É QUE VOCÊS VÃO ESTUDAR NUM COLÉGIO PÚBLICO. A BOA É QUE VOCÊS SERÃO OS MAIS ELEGANTES DA CLASSE.
OLAVO ALBUQUERQUE, O PATRIARCA, AINDA FUMA CHARUTOS. MAS JÁ NÃO FUMA OS BONS.
OLAVO, VOCÊ ESTÁ BANCANDO O PALHAÇO...
Ê, Ê MIZIFI!
DENTRO DE CASA, ATÉ OS RATOS JÁ SOFREM AS CONSEQUÊNCIAS.
QUEIJO PRATO?! CADÊ MEU COTTAGE?

VOCÊ NÃO ACREDITA EM MILAGRES? NÃO ACREDITA NAS APARIÇÕES DE FÁTIMA E NA VIRGEM QUE CHORA?
NESSA EU ACREDITO!
ACREDITA NA VIRGEM QUE CHORA?! ALELUIA!
CLARO! ELA TÁ LOGO ALI!
GLÓRIA, GLÓRIA! CADÊ?
NINGUÉM ME QUER!
MILAGRE SERIA SE ELA PERDESSE A VIRGINDADE.
SE O CARA ALI DO LADO BEBER UM POUCO MAIS, TALVEZ TENHAMOS UM NOVO MESSIAS.
E QUANDO MORRER, IREI DIRETO PARA O REINO DE DEUS! E LÁ, SEREI FELIZ AO LADO DO MEU SENHOR!
DE NADA!

HOMEM COBAIA
EPISÓDIO DE HOJE: TESTE DE RADIOATIVIDADE
15 HORAS EXPOSTO AO URÂNIO 238
30 HORAS EXPOSTO AO CÉSIO 137
CÓ!
40 HORAS EXPOSTO AO SOM DO CPM 22
BUM
HOMEM·COBAIA
E O TESTE DE RESISTÊNCIA À DOR
Ai.
FORMIGAS CANIBAIS
Ai!
CARDUME DE PIRANHAS
Ai!
NHA!
BOLADA NO SACO
ARGH!

O INCRÍVEL HOMEM COMUM
O INCRÍVEL HOMEM COMUM ESTÁ COM UMA COISA ENTRE OS DENTES.
NINGUÉM O AVISA
OPA! ELE PERCEBEU E RETIROU A SUJEIRA COM UMA INCRÍVEL DESTREZA.
SLAP!
AGORA, JÁ REFEITO DA HUMILHAÇÃO QUE O DESTINO LHE IMPÔS, NOSSO HERÓI NÃO PERCEBE O PEQUENO E FUGÍDIO RANHO, QUE REPOUSA TRANQUILO E INDIFERENTE, ABAIXO DE SEU NARIZ.
NINGUÉM O AVISA
OPA! ACABOU A LUZ! APROVEITEMOS ESSA OPORTUNIDADE PARA OBSERVAR O COMPORTAMENTO DO INCRÍVEL HOMEM COMUM.
ELE ACENDE VELAS
AGORA, ELE LIGA PARA A EMPRESA QUE LHE FORNECE ENERGIA.
E QUANDO VOLTA?
PATATI, PATATÁ, BLÁ, BLÁ, BLÁ
OBSERVEM: ELE SENTE FALTA DE SEU TELEVISOR.
TÔ PERDENDO UM PROGRAMA SOBRE A VIDA SEXUAL DOS MUSSARANHOS HOLANDESES...
ENFIM, O HOMEM COMUM FAZ SUAS ÚLTIMAS PREVISÕES.
VAI VOLTAR DAQUI A POUCO.
TALVEZ DE MADRUGADA...
AMANHÃ...
DAQUI A POUCO VOLTA...

O INCRÍVEL HOMEM COMUM ESTÁ FUMANDO UM CIGARRO.
CHEGA DESSA PORCARIA!
SERÁ QUE ELE CONSEGUE PARAR DE FUMAR?
QUE PARAR DE FUMAR, O QUÊ!
SÓ VOU TROCAR O BOLLYWOOD PELO LHAMA.
LHAMA

OS SUPER PODERES DO...
INCRÍVEL HOMEM COMUM
HAN?
PODER DE ENCOLHER.
INÚTIL.
INUKCHAK!
ZIP
VISÃO ALÉM DO ALCANCE.
É O 268...
TRANSMUTAÇÃO.
VOCÊ QUANDO BEBE VIRA OUTRO.
ZE AMO PÁ ZARALHO!

UM DIA EU SEREI FAMOSA.
VOU ESTAR NA TV.
"CAROLAINE"

EU VENDERIA MINHA ALMA AO DIABO POR ESTES SAPATOS
ATÉ QUE NÃO FOI MÁ IDEIA VENDER A ALMA.
DROGA! NÃO CABEM NOS MEUS PÉS...
TONIA TORMENTOS
ELES SÃO LINDOS, MAS ESTÃO APERTADOS. O QUE EU FAÇO?
QUE DOR! QUE DOR! QUE DOR! QUE DOR! QUE DOR! QUE DOR!
NOSSA! QUE SAPATO CAFONA!
QUE DOR! QUE DOR! QUE DOR! QUE DOR! QUE...
QUE FOI, MENINO?
ESNIFE... É MEU PAI.
O QUE TEM O SEU PAI?
FOI PRO CÉU.
DESCULPE, MENINO, EU... BUÁÁ!
CALMA, TIA. MEU PAI É PILOTO DE AVIÃO.

OS BOTEQUEIROS
EU AMU ELA MUITO, MUITO, MUITO, MUITO, MUITO!
BALÃO
UM DIA EU VO CASAR CUM ELA I TER UM FILHO I UM CACHORRO.
I DEPOIS ELA VAI MI CHAMAR DI VAGABUNDO I PEDIR PRA MIM ASSINAR U PAPEL DU DIVÓRCIO.
DANIEL LAFAYETTE

APENAS UM HOMEM PODERIA IR ATÉ O CONTINENTE, TRAZER UMA NOZ E SALVAR O RESTAURANTE. E SEU NOME É:
MACFISH!
O GRITO DE DESESPERO DO PEQUENO PÁSSARO ECOOU PELOS SETE MARES.
OUVIU ISSO?
BEIJE-ME, AQUAMAN.
UM GRITO TÃO AGUDO QUE PRECIPITOU O FLUXO MENSTRUAL DAS BALEIAS.
OPS...
MAS ERA TAMBÉM UM GRITO DE ESPERANÇA. E, COMO TAL, CHEGOU AO SEU DESTINO.
PELAS BOLAS DE UMA JUBARTE!
LAFA
♪ MATOU UM TUBARÃO, SEM SOFRER UM ARRANHÃO, MACFISH! MACFISH! ♫
♪ BRIGOU DE TRAVESSEIRO COM UM VELHO MARINHEIRO, MACFISH! MACFISH! ♫
PUF
♪ TRAÇOU UMA SEREIA E SE CASOU COM UMA BALEIA, MACFISH! MACFISH! ♫
TAMBÉM INCENDIEI O HINDEMBURG E LUTEI CONTRA O KRAKEN, MAS ESSAS COISAS NÃO RIMAM COM NADA...
LAFA

COISAS QUE VOCÊ NÃO DEVE FAZER EM UM PRIMEIRO ENCONTRO
NÃO SE MASTURBE.
HMMM...
NÃO ENTRE EM COMBUSTÃO.
NÃO DÊ À LUZ A UM ALIEN.
NÃO VÁ VESTIDO DE PALHAÇO ASSASSINO.
NÃO FAÇA MALA-BARISMO COM GATINHOS.
NÃO MINTA.
SOU O BATMAN
NÃO SE CAGUE.
NÃO LEVE UMA CAIXA DE ÓRGÃOS.
NÃO A AMEACE COM UMA GARRA-FA QUEBRADA.
NÃO SIMULE SEXO ORAL COM UMA BANANA.
NÃO LEIA O JORNAL.
LAFA

Reflexões sobre a
MORTE DA BEZERRA
SERÁ QUE FOI ASSASSINADA?
SERÁ QUE FOI SUICÍDIO?
SERÁ QUE FOI ATROPELADA?
SERÁ QUE FOI PISOTEADA?
SERÁ QUE FOI DE SEDE?
SERÁ QUE FOI ATACADA?
SERÁ QUE FOI ABDUZIDA?
SERÁ QUE FOI LEPRA?
SERÁ QUE FORAM ÍNDIOS?
SERÁ QUE FOI MÁGICA?
SERÁ QUE FOI DE SUSTO?
BU!

OS PERIGOS DA
PAIXÃO
ESTOU ANDANDO NAS NUVENS.
TENHO QUE PÔR OS PÉS NO CHÃO.
OPS!

OS PERIGOS DA
PAIXÃO
PRECISO COMER, MAS ESTOU SEM FOME.
PRECISO DORMIR, MAS ESTOU SEM SONO.
PRECISO TRABALHAR, MAS ESTOU SEM SACO.
PRECISO PAGAR AS CONTAS, MAS ESTOU SEM DINHEIRO.

OS PERIGOS DA
PAIXÃO
DÁ PRA SER MENOS GAY?

OLD Rabbit
QUERO CALMANTE!
QUERO MARACUJINA!
QUERO CALMANTINA!
OLD RABBIT
FILHA!
FILHA!
FILHA!
FILHA!
FILHA!
FILHA!
FILHA!
FILHA!
FILHA!
QUE FOI, MÃE?
NADA. SÓ QUERIA SABER SE VOCÊ ESTAVA AÍ.
OLD RABBIT
XIXI!
XIXI!
XI...
XI.

AAAH... QUE SE DANE A DIETA.
NÃO AGUENTAVA MAIS ELA.
HE, HE.
ACHEI MELHOR TERMINAR.
TÔ SAINDO COM UM CARA...
FOI A MELHOR COISA QUE FIZ NA VIDA.
ESTOU NUMA ÓTIMA FASE.
ACONTECEU...
TCHU-RU-RU... HOJE VOU AO CINEMA...
OLÁ! "IMPACTO PROFUNDO", SESSÃO DAS 4:30.
SEIS REAIS
ACHO QUE TEM SEIS REAIS AÍ...
PELO VISTO O PORQUINHO SOFREU UM IMPACTO PROFUNDO! HE HE!
HA HA! BOA!

VIDA DE OVELHA

OS BONS MORREM CEDO.
OH, ANGÚSTIA! POR QUE ESCULPE MINHA DOR COM FACA CEGA?
MATAR-ME-EI! OH, MUNDO! O POETA JÁ NÃO CAI MAIS EM TUAS RASTEIRAS!
POETA? TE JULGAS POETA? HÁ MAIS POESIA EM UM RATO MORTO DO QUE EM TEU PRETENSO LAMPEJO DE SANIDADE...
BOB DUBOBSKY POETA EXTREMAMENTE PRECOCE

O QUE FAZER?
O ESCOTEIRO PATINHO RESPONDE ÀS DÚVIDAS DE LEITORES
CARO ESCOTEIRO PATINHO: COMO PROCEDER DURANTE UM ATAQUE NUCLEAR? UM ABRAÇO DO SEU AMIGO DITADOR, KIM JONG IL.
EU ENTENDO SUA PREOCUPAÇÃO, KIM. BEM, NO CASO DE UM CONFLITO NUCLEAR VOCÊ DEVE GARANTIR O TRANSPORTE PÚBLICO PARA EVACUAR AS CIDADES ATINGIDAS.
SE VOCÊ SOBREVIVER, TENTE MANTER UMA POSTURA OTIMISTA. VOCÊ AINDA VAI RIR MUITO DESSA EXPERIÊNCIA NO FUTURO.

QUEIJO SUÍÇO
QUEIJO SUÍÇO
POR QUE SERÁ QUE SÓ PENSO EM QUEIJO SUÍÇO? TENHO QUE PROCURAR AJUDA...
DOUTOR, TIRE O QUEIJO SUÍÇO DE MINHA CABEÇA!
MAS ONDE ESTÁ O CÉREBRO?
VAI DE MIOLOS, PATRÃO?

MUSEU DE CIÊNCIAS NATURAIS
SABE COMO É, NÉ... SOBREVIVEM OS MAIS FORTES...
MAL AÊ.
OS QUE NÃO CONSEGUEM SE ADAPTAR SÃO NATURALMENTE EXTINTOS... SÃO OS PERDEDORES NA ESCALA EVOLUTIVA.
70 MILHÕES DE ANOS DEPOIS...
SABE COMO É, NÉ...

TENHO NARIZ EMPINADO. MEUS AMIGOS TÊM NARIZ EMPINADO. ATÉ MEU CÃO TEM NARIZ EMPINADO.
MATISSE, MON CHERRI
CUBANO
ESCONDEMOS NOSSAS FALHAS DE CARÁTER APONTANDO ERROS ABOMINÁVEIS DE ETIQUETA.
NOSSA... ELE ESTÁ FALSIFICANDO UM DOCUMENTO COM O COTOVELO APOIADO NA MESA...
GOSTARÍAMOS DE PODER OSTENTAR MAIS NOSSOS PERTENCES, MAS A VIOLÊNCIA URBANA NOS OBRIGA A VIVER EM SHOPPINGS E CONDOMÍNIOS FECHADOS.
OS POBRES ESTÃO ACABANDO COM A GRAÇA DE SERMOS RICOS...
E CERTAMENTE NÃO EVOLUÍMOS DE MACACOS, QUE SÃO CRIATURAS PAVOROSAS. ACREDITO QUE DESCENDEMOS DE MAGNÍFICOS UNICÓRNIOS ALADOS.
USE UM ZIPPO, CRIATURA PRÉ-HISTÓRICA.

NOVELHA
Novela para a terceira idade
QUE LETRA MIÚDA!
MAGDA E LORETA DESCONFIAM QUE A ENFERMEIRA ROSELY ESTEJA ROUBANDO SEUS BORDADOS.
DESGRAÇADA.
ENQUANTO ISSO, SERGINHO GUINSU, ETERNO PLAYBOY JAPONÊS, SE CONFUNDE E ACABA ALIMENTANDO OS POMBOS COM VIAGRA.
NA MANSÃO DOS FIGUEROA, DEMÉTRIO SE PERDE EM UM SUNTUOSO CORREDOR E ACABA POR FAZER COCÔ NAS CALÇAS.

SENTA, REX!
MORTO, REX!
BOM GAROTO!
REX, DISSERTE SOBRE O "MITO DA CAVERNA", DE PLATÃO.
HMMM... QUANTOS BISCOITOS AINDA TÊM NA CAIXA?

TERÇA-FEIRA
QUARTA-FEIRA
QUINTA-FEIRA
SEXTA-FEIRA
NEM UM PIO SOBRE QUINTA-FEIRA.

O FIM ESTÁ PRÓXIMO!
E ATENÇÃO: O VELHO LOUCO QUE DIZIA QUE O MUNDO IA ACABAR TINHA RAZÃO! DESCULPE-NOS, VELHO LOUCO. NÓS DEVÍAMOS TER LHE OUVIDO. FOI MAL.
O FIM!
ACABEI DE TER UM SONHO MARAVILHOSO...

TZAP
CAFA
O SAPO QUE TINHA LÍNGUA PRESA DEU SEU JEITO.
CRUNCH
CRUNCH
CRUNCH

VRUM
CRASH
O QUE VOCÊ ESTÁ ASSISTINDO?
VELOZES E FURIOSOS.

BLAM!
DESCULPE INCOMODÁ-LO, SENHOR, MAS ESTARIA INTERESSADO EM COMPRAR NOSSO JOGO DE FACAS?

ESTRELANDO **LAFAYETE** COMO **LAFA**

DIAS DE GLÓRIA

ESTE É LAFA, QUADRINISTA DESEMPREGADO, 32 ANOS. ATUALMENTE RESIDE NO DECADENTE BAIRRO DA GLÓRIA, RIO DE JANEIRO.
MAS É CLARO QUE SUA IDENTIDADE TEM SIDO DEFINIDA POR MUITOS OUTROS FATORES. NINGUÉM É TÃO SIMPLES.
PERA AÍ. ACHEI QUE FÔSSEMOS TRAÇAR UM PERFIL PSICOLÓGICO DE FORMA SUPERFICIAL.
E PRIVAR OS LEITORES(?) DE CONHECEREM TODOS OS TRAUMAS E FRUSTRAÇÕES DO MAIOR ARTISTA CONTEMPORÂNEO?!
TOUCHÉ...
ENTÃO EMBARQUE CONOSCO NESSA INCRÍVEL AVENTURA!
ÓTIMO. PELO VISTO EU CONTRATEI O CARA QUE FAZ PROPAGANDA DA SESSÃO DA TARDE PARA NARRAR MINHA HISTÓRIA...
LAFA

AQUI NA GLØRIA, TODOS FAZEMOS PARTE DE UMA GRANDE FAMÍLIA!
TIO, ME VÊ UM TROCADO!
COLÉ, M'ERMÃO. ME VÊ UM CIGARRINHO?
POR MIM, MATAVAM TODOS ESSES FILHOS DA...
LAFA

NUMA DESSAS MADRUGADAS, SAÍ PARA COMPRAR CIGARRO NA PADARIA 24 HORAS, COMO MUITAS OUTRAS VEZES.
CHEGANDO LÁ, PAGUEI UM SALGADO PRA UM GAROTO E DIVIDI UMA COCA COM ELE.
MINHA FILHA NASCEU ONTEM.
EU QUERIA QUE ELA SE CHAMASSE EMILY, MAS MINHA NAMORADA DISSE QUE ESSE NOME SIGNIFICA "MENINA DE PRETO QUE ANDA NO CEMITÉRIO".
ENTÃO VAI SE CHAMAR GISLAINE, QUE SIGNIFICA "LUZ NÃO SEI O QUE DE NÃO SEI ONDE"...
LAFA

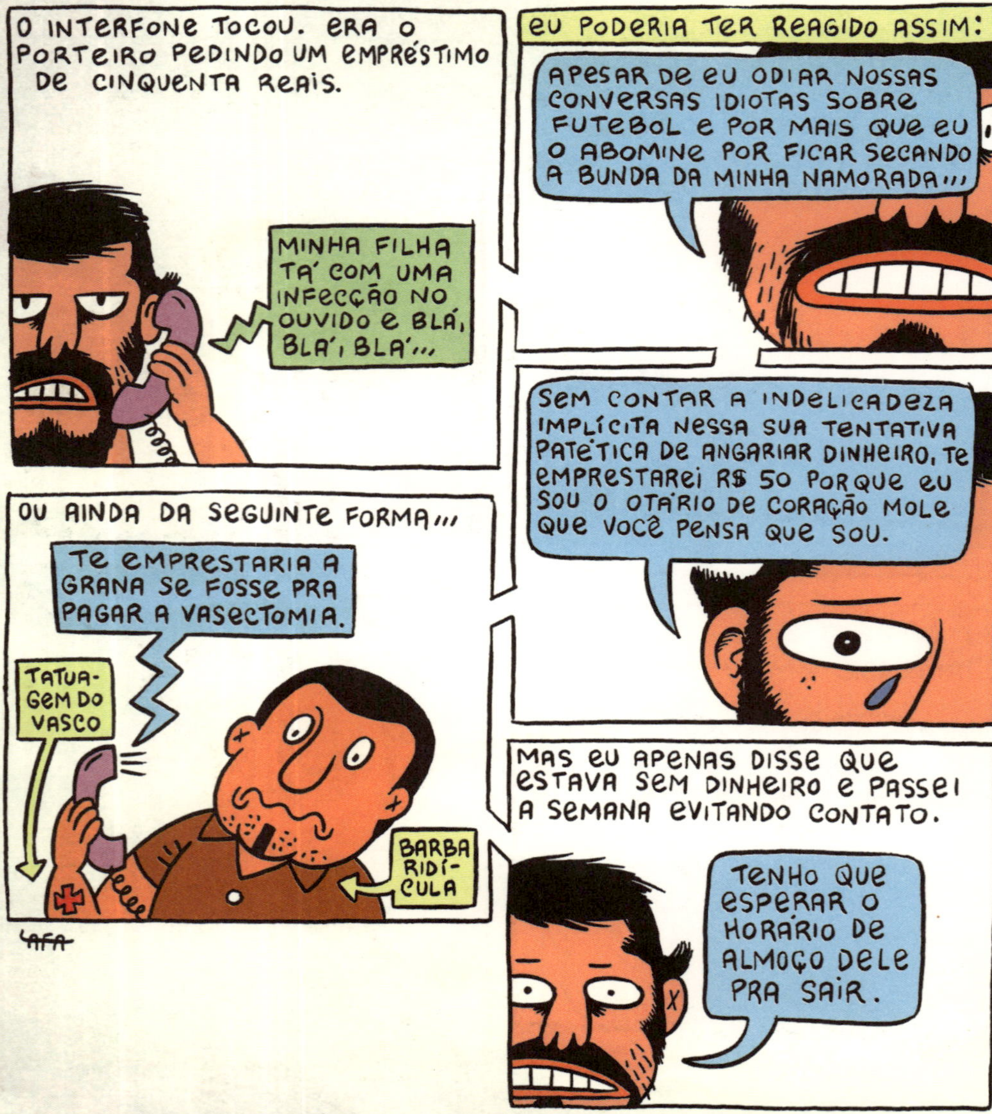
O INTERFONE TOCOU. ERA O PORTEIRO PEDINDO UM EMPRÉSTIMO DE CINQUENTA REAIS.
MINHA FILHA TÁ COM UMA INFECÇÃO NO OUVIDO E BLÁ, BLÁ, BLÁ...
EU PODERIA TER REAGIDO ASSIM:
APESAR DE EU ODIAR NOSSAS CONVERSAS IDIOTAS SOBRE FUTEBOL E POR MAIS QUE EU O ABOMINE POR FICAR SECANDO A BUNDA DA MINHA NAMORADA...
SEM CONTAR A INDELICADEZA IMPLÍCITA NESSA SUA TENTATIVA PATÉTICA DE ANGARIAR DINHEIRO, TE EMPRESTAREI R$ 50 PORQUE EU SOU O OTÁRIO DE CORAÇÃO MOLE QUE VOCÊ PENSA QUE SOU.
OU AINDA DA SEGUINTE FORMA...
TE EMPRESTARIA A GRANA SE FOSSE PRA PAGAR A VASECTOMIA.
TATUAGEM DO VASCO
BARBA RIDÍCULA
LAFA
MAS EU APENAS DISSE QUE ESTAVA SEM DINHEIRO E PASSEI A SEMANA EVITANDO CONTATO.
TENHO QUE ESPERAR O HORÁRIO DE ALMOÇO DELE PRA SAIR.

ONTEM EU NÃO FIZ NADA.
HOJE TAMBÉM.
E SABE O QUE EU FAREI AMANHÃ?
VOU AO MERCADO.
LAFA

mundo
episódio 02

LAFA

GROCK, O PRIMEIRO E ÚLTIMO CRIADOR DE MAMUTES.
LAFA

ENTÃO COMBINADO. SEXTA-FEIRA, LÁ EM CASA.
TULOG, VOCÊ TRAZ A CARNE. TAROG TRAZ A CERVEJA.
LAFA 2008
TAROG, VOCÊ TRAZ CARNE E CERVEJA.

FALTA FAZER UM DEGRADÊ...
PREENCHER O SOL COM LARANJA, USANDO O BALDINHO. CADÊ O BALDINHO?
PRONTO. VAI FICAR ASSIM MESMO.
QUE LINDO! QUASE POSSO VER AS PINCELADAS DE DEUS!!!

A LAGARTA SE ACHAVA MUITO FEIA.
ENTÃO ELA SE FECHOU EM UM CASULO.
MAS ESPEREM...
CRACK!
QUE INCRÍVEL TRANSFORMAÇÃO!
...
LAFA

LIBERDADE!

LAFA

ULTRALAFA
A PRIMEIRA VEZ QUE JOÃO MERGULHOU DE CABEÇA EM ALGUMA COISA.
LAFA
GABO, EU QUERO QUE CONHEÇA O MR. LING. DIGA OI, MR. LING!
你好!
M-M-MAS NÃO É POSSÍVEL! EU NUNCA APRENDI MANDARIM!
ONDE COMPROU ESSA COISA? FIQUEI TODO CAGADO!
LAFA
MAS QUE É ESSA?
BOA TACADA, SENHOR!

BLÁ!
ZIP!
O MONSTRO ESTÁ TRISTE PORQUE NÃO CONSEGUE SE COMUNICAR.
BLÁ!
MAS TAMBÉM O MONSTRO SÓ FALA "BLÁ!"
NHÉ!
BLÁ!

BLÁ!
QUAC!
?
FIU.

CORTE FEITO POR GARRAFA QUEBRADA EM BRIGA DE BAR, 1988.
CICATRIZ NO ROSTO. CONSEQUÊNCIA DE UM ACIDENTE DE MOTO, 1994.
MARCA DE TIROS NAS COSTAS. LEMBRANÇA DE UMA DESAVENÇA COM O VIZINHO, EM 2002.
DODÓI NO DEDO. CONSEQUÊNCIA DE UMA ABRUPTA FECHADA DE UM CARRINHO DE BATE-BATE. DISNEY, SEMANA PASSADA.
ARDE.
"VOCÊ QUER DESFRUTAR DO MILAGRE DA VIDA?"
"DESFRUTE DOS PRAZERES DA CARNE."
"VENHA AO OVÁRIO MAIS PRÓXIMO E DESCUBRA COMO É BOM VIVER."
CONSEGUI!
MALDITA PROPAGANDA ENGANOSA
00:04
00:03
FLÍPER! VOCÊ VOLTOU!
QUI QUI QUI
00:02
00:01

CLIC
?
CAZA

SE VOCÊ OLHA PARA O ABISMO...
O ABISMO OLHA DE VOLTA PRA VOCÊ.
SEU SAPATO É PA-VO-RO-SO!
ALGUNS ABISMOS NÃO SÃO MUITO PROFUNDOS.
LAFA

LAFA
ÁGUA!

QUERIA TER UM GATO.
LAFA

LEIA AS INSTRUÇÕES
FOFO!
LAFA

RODOLFO, O QUE É O HOMEM?
NIETZSCHE DISSE ACERCA DO ASSUNTO: ENCONTREI MAIS PERIGOS ENTRE OS HUMANOS DO QUE ENTRE OS ANIMAIS.
HUM... REALMENTE INTERESSANTE... E IRÔNICO!
MAIS IRÔNICO SÓ SE ESSE CARA FOSSE NIETZSCHE.

LAFA

MEUS PAIS TÊM MUITO DINHEIRO.
NINGUÉM NUNCA FEZ ISSO POR MIM...
VOU MATÁ-LOS PARA PROVAR MEU AMOR.
PRONTO! AGORA PODEREMOS ABRIR A CLÍNICA PSIQUIÁTRICA DOS NOSSOS SONHOS!
ARRANQUE A CABEÇA DO PAPAI. ELE TÁ ME OLHANDO ESTRANHO.
MAS, MERITÍSSIMO, EU ESTAVA SOB O EFEITO DA MACONHA, A ERVA DO DIABO!
É UMA MENINA DE FAMÍLIA, MERITÍSSIMO.
SÍNDROMES DE DOWN
SÍNDROME DE DOWNTOWN
PRECISO COMPRAR UMA BOLSA PARA GUARDAR MINHAS BOLSAS...
SÍNDROME DE DOW JONES
OBA! ESTÁ NA HORA DO MEU PROGRAMA PREDILETO! INDICADORES FINANCEIROS NA BLOOMBERG!!!
JAZZ!
SÍNDROME DE DOWNLOAD
JÁ LI O LIVRO, JÁ VI O FILME, JÁ OUVI A MÚSICA, JÁ JOGUEI O "GAME"...
COMECEI BOTANDO CHUMBINHO NA COMIDA DOS GATOS.
FERRO É BOM PRA VOCÊ, GATINHO... FERRO É BOM...
DEPOIS, PASSEI A TACAR FOGO NOS MENDIGOS.
UAAAAAARGH!!
MELHOR QUE UM CASACO.
ATÉ QUE UM DIA MEU PAI ME DISSE:
É ERRADO TRATAR SEU SEMELHANTE DESSA FORMA... OPA! TÔ ATRASADO! TENHO QUE DEMITIR UM FUNCIONÁRIO QUE NÃO É PONTUAL.
MAS AGORA EU MUDEI. TENHO UM OBJETIVO NA VIDA. ENCONTREI UMA TURMA DE GENTE ESPERTA E ANTENADA!
WHITE POWER!

SE VOCÊ FOR UM HOMEM BOM...
UM SÁBIO...
SE VOCÊ FOR UM REVOLUCIONÁRIO...
VAI VIRAR PRESUNTO, CAPISCE?!
UM DIA, RESOLVEU VENDER A ALMA AO DIABO.
FOI VOCÊ QUEM BOTOU A ALMA NO MERCADO LIVRE?
ISSO.
FICOU RICO LUCRANDO COM A MISÉRIA NUMA EMISSORA DE TV.
QUEM QUER DINHEIRO?
MAS O DIABO VOLTOU PARA COBRAR SUA DÍVIDA.
E AÍ, CRAMULHA! QUANTO TEMPO, MEU QUERIDO!
O DIABO NÃO LEVOU A ALMA DELE, MAS CONSEGUIU UM EMPREGO NA EMISSORA.
MEU PAI É FAMOSO.
PERFEITO! ESTÁ CONTRATADO!

$F = \frac{Gm_1m_2}{r^2}$
LAFA

TITANIC

O QUE É, O QUE É? ELE BATE EM VOCÊ, MAS É ELE QUE SE MACHUCA E COSPE SANGUE.

A GALINHA DOS OVOS DE OURO...
VAPT
ERA AVARENTA.
VUPT

WHISKY?
WHISKAS.
LAFA

DE VEZ EM QUANDO TEM ACONTECIDO UMA COISA MUITO ESTRANHA COMIGO.
UMA COISA MUITO ESQUISI...
...TA.
VOCÊ VIU ISSO?! VOCÊ VIU ISSO?!

ESTÁ DEMITIDO!
ESTÁ CONTRATADO!
ADEUS MUNDO CRUEL
EM 1968...
ATCHU!
DE DENTXADJURA!
O SENHOR, QUEIRA NOS ACOMPANHAR.
EU DIXE DENTXADJURA, NÃO DITXADJURA!
E O QUE VOXÊS VÃO FAJER? QUEBRAR MEUX DENTXES?!

ACREDITA QUE O VIADO DO JARBAS TATUOU "AMIZADE ETERNA" E DEDICOU AO PONTES?!
É MESMO, PAIVA. COISA DE VIADO.
ESCREVE PAULA POR CIMA DE PAIVA.
Paiva
LAFA

PARECE QUE O NOVO CHEFE DO DEPARTAMENTO JURÍDICO É AINDA PIOR QUE O ÚLTIMO.
PIOR QUE O PIMENTA?! IMPOSSÍVEL.
É O QUE DIZEM. UM MEXICANO. UM TAL DE MICTLANTECUHTLI.
MIC O QUÊ??
MICTLANTECUHTLI, O DEUS ASTECA DA MORTE.
CABEÇAS VÃO ROLAR.
LAFA

PRECISO DAQUELE RELATÓRIO ATÉ AS CINCO HORAS...
OU TE ARRANCO O CORAÇÃO PELO RABO.
SÉRIO. VOU ARRANCAR TEU CORAÇÃO PELO CU, SEU VIADO DE MERDA.
O PIMENTA ERA PIOR.
LAFA

ODEIO MINHA EX-MULHER. EU PODERIA MATÁ-LA SE TIVESSE CORAGEM.
POSSO MATÁ-LA PRA VOCÊ, PAIVA. POSSO MATÁ-LA E ENTERRÁ-LA EM MINHA FAZENDA.
ME POUPE DOS DETALHES, SILVA.
LAFA

VOCÊ TEM CERTEZA? ESTAMOS INDO PARA O LADO CERTO?
VOCÊ PODE CONFIAR EM MIM PELO MENOS UMA VEZ?
LAFA

VAI UM CIGARRO?
BEM,,,
OBRIGADO.
QUE ISSO.
VOCÊ TEM FOGO?
TENHO.
DROGA,,,
TENHO QUE TROCAR AS PEDRAS.
LAFA

ME PERMITE INCENDIAR SUA VILA, VIOLENTAR SUAS MULHERES E ESCRAVIZAR OS HOMENS?
O QUÊ?! CLARO QUE NÃO!
ODIN É TESTEMUNHA DE QUE TENTEI POR VIAS DIPLOMÁTICAS.
ELEONORA...
ONDE QUER QUE VOCÊ ESTEJA...
NÃO FAÇA NADA CONSTRANGEDOR.
DEUS DO FOGO, OFEREÇO A VIDA DE MINHA FILHA VIRGEM COMO SACRIFÍCIO!
FUOSH!
QUEM FOI O CORNO QUE COMEU A MINHA FILHA?

NO FUTURO NÃO HAVERÁ BALEIAS.
NEM HAVERÁ GOLFINHOS.
QUI QUI
MAS AS BALEIAS E OS GOLFINHOS GERADOS POR COMPUTAÇÃO GRÁFICA SERÃO PERFEITOS.

NOTÍCIAS DE UM FUTURO SOMBRIO
NO FUTURO, O PALHAÇO BOZO SERÁ ELEITO PRESIDENTE.
UM MÍMICO FUNDAMENTALISTA TENTARÁ MATÁ-LO.
MAS SEU FIÉL MINISTRO, PAPAI PAPUDO, IRÁ SALVÁ-LO.
PRECISAMENTE ÁS 5:60h...

MEU FILHO, UM DIA TUDO ISSO SERÁ TEU.

SOMOS IRMÃOS SIAMESES
ESTAMOS UNIDOS PELA...
MAMATA.

AIÔÔÔ HORNY!!!
EI, ZORRO! ACUERDA, HOMBRE!
HORNY.
QUEM DIABOS É HORNY, CABRON?
HUNF!
ELE NUNCA ME PERDOOU POR TÊ-LO TRAÍDO COM O JUQUINHA.

GRAUR!!!
mundo paralelo
episódio 03

ESTÁ VIVO!

TIVE UM PESADELO! SONHEI QUE ESTAVA DESTRUINDO TÓQUIO, PELADO!!!
CORTA!
VOCÊ VAI FAZER ALGUMA COISA DEPOIS DAS GRAVAÇÕES?
I ♥ NY
VAMOS SAIR AMANHÃ?
AMANHÃ NÃO POSSO.
DEPOIS DE AMANHÃ, ENTÃO...
ESTAREI OCUPADA.
SÁBADO, PODE SER?
ESTAREI OCUPADA O ANO INTEIRO!
NOS VEMOS NO RÉVEILLON?

sex
PRIMO, VAMOS TERMINAR NOSSO INTERCÂMBIO... POR FAVOR!
NEM PENSAR, PRIMÃO...

O MANUAL DO E.T. CAFAJESTE PARA ROMPER RELACIONAMENTOS
1-O AGENTE SECRETO
SOU UM AGENTE SECRETO. TE AMO DEMAIS PARA COLOCAR SUA VIDA E A DE SEUS FAMILIARES EM RISCO.
SUCESSO: ELA FALA COISAS DO TIPO "EU NÃO TE CONHEÇO MAIS" E VAI EMBORA.
A OPERAÇÃO FOI UM SUCESSO.
FRACASSO: ELA TEM TESÃO NESSAS COISAS E SE APAIXONA.
EU QUERO CORRER O RISCO!
PIU! PIU! PIU!
PIU! PIU! PIU!
PIU! PIU! PIU!
EM UMA PALAVRA: VASECTOMIA.

ELA É UMA VAGABUNDA! VOU MATAR ELA!
NÃO, MAMÃE! ELA É ESPECIAL!
QUANDO VOCÊ DISSE QUE ELA ERA ESPECIAL, NÃO IMAGINEI QUE FOSSE UM TRAVESTI...
O NOME DELA É ROSSANA!
GAROTO... VOCÊ TEM PROBLEMAS.
O CAPITÃO GANCHO ESTÁ VINDO! TENHO QUE AVISAR O PETER!
ACORDA, PETER!
ESSE TAVA CHEIO DE SANGUE!
NOSSA, QUE CORPO!
QUE SMURF MÁSCULO!
O BOFE TEM DONO, VAGABUNDA.
CALMA, AMOR... VOCÊ NÃO QUER VOLTAR PRA PRISÃO, QUER?
CORTO A GARGANTA DESSA PERUA.

CAVALINHO FELIZ
QUER SER MEU SUPER MELHOR AMIGO PRA SEMPRE?
TOME ISTO, MALDITO!
AMIGUINHO, DEVOLVE MINHAS TRIPAS...
QUANDO PUDER!
CAVALINHO FELIZ
QUE PIPA LINDA!
ZIP
QUE BOM! DEUS ME RESERVOU UMA MORTE RÁPIDA E INDOLOR!
CAVALINHO FELIZ
O CAVALINHO FELIZ MORREU E FOI PRO LIMBO.
LI'I'I'IMBO!
UAA!
SUA ALMA ESTÁ CONDENADA À VAGAR NO LIMBO POR TODA ETERNIDADE.
ETERNIDADE...
ADORO CAMINHADAS LONGAS!
IDIOTA.

VOCÊ NÃO ESTÁ ESQUECENDO DE ALGUMA COISA?
É VERDADE!
ESQUECI DE BOTAR MEU TAPA-OLHO!
EU VOLTAREI... E ME VINGAREI EM SEUS FILHOS!
PEDÓFILO! ESTU-PRADOR!
HAHAHAAAARG!
OLÁ! NÃO TENHA MEDO! SOU O FANTASMINHA CAMARADA!
ELA NÃO PARTIU MEU CORAÇÃO.
NÃO. ELA INICIOU A SEQUÊNCIA DE AUTODESTRUIÇÃO...
E FUGIU EM UMA CÁPSULA DE EMERGÊNCIA.

INSETOS GIGANTES DO PLANETA ZARDOX ESTÃO PRESTES A DOMINAR A TERRA.
MAS ALGO OS TIRA DE SEU CAMINHO,,,
GRAUR!!!
OH, QUE HORROR!
AAAH,,, BEM MELHOR!
ACHO QUE ELA ME VIU!

ELE SEMPRE É CHAMADO PARA ACAMPAR.
KUMBAIA SENHOR...
ELE É O...
KUMBA...
¡A!!!
GAROTO COMBUSTÃO ESPONTÂNEA
TAVA DEMO-RANDO.
GAROTO COMBUSTÃO ESPONTÂNEA
QUE LUGAR LINDO!
CALMA, AMIGUINHO. NÃO VOU TE MACHUCAR.
FUOSH!

GAROTO COMBUSTÃO ESPONTÂNEA
SOU UMA ABERRAÇÃO.
SEI COMO SE SENTE... MAS FICAR SE LAMENTANDO NÃO IRÁ TE AJUDAR...
QUEM É VOCÊ?
SOU O GAROTO HOSPEDEIRO DE PARASITAS.
NÃO PARECE TÃO RUIM...
DROGA... HORA DO ALMOÇO...
DROGA! NÃO CONSIGO LER O QUE ESTÁ ESCRITO NO BOTTON DAQUELE GAROTO
A MIOPIA PIOROU... TENHO QUE TROCAR AS LENTES.
VOU USAR A LUPA.
DEUS ME ILUMINA.

O ABOMINÁVEL Dr. ZIGOTO APRESENTA SUAS CRIATURAS AINDA MAIS ABOMINÁVEIS
O MORCEGO DA TURQUIA DE DUAS CABEÇAS
MAS QUAL É A UTILIDADE DE UM MORCEGO DE DUAS CABEÇAS?
ORA, ALIMENTAR MINHA OUTRA CRIAÇÃO...
O OZZY OSBOURNE DE DUAS CABEÇAS.
SHARON!
O ABOMINÁVEL Dr. ZIGOTO APRESENTA SUAS CRIATURAS AINDA MAIS ABOMINÁVEIS
BUM!
O MACACO-BOMBA
NA VERDADE, QUANDO EU O CRIEI, ELE SÓ CUSPIA FOGO.
VALEU.
MAS, POR IRONIA DO DESTINO, O BICHO FICOU VICIADO EM BANANAS DE DINAMITE.
O ABOMINÁVEL Dr. ZIGOTO APRESENTA SUAS CRIATURAS AINDA MAIS ABOMINÁVEIS
O CHIUAUA RADIOATIVO
ENCONTREI ESTA MAGNÍFICA CRIATURA EM UMA VIAGEM QUE FIZ À CHERNOBIL. DEI A ELE O NOME DE CÉSIO.
ELE ADORA DORMIR NO MICRO-ONDAS...
PENSA QUE É A MÃE DELE.
INFELIZMENTE, A EXPOSIÇÃO AO MATERIAL RADIOATIVO ABREVIOU SUA VIDA. MAS CÉSIO AINDA ME DEIXOU UMA SURPRESA. UMA NÃO... TRÊS!!!
AS MOSCAS SUPERPODEROSAS.

O ABOMINÁVEL Dr. ZIGOTO APRESENTA SUAS CRIATURAS AINDA MAIS ABOMINÁVEIS
A GALINHA MALIGNA
A HISTÓRIA JÁ É UM CLICHÊ: CIENTISTA CRIA UMA GALINHA MALIGNA. GALINHA MALIGNA CRIA EXÉRCITO DE GALINHAS MALÍGNAS.
EXÉRCITO DE GALINHAS MALIGNAS TOMAM O LESTE EUROPEU, IMPONDO UM IMPÉRIO DE VIOLÊNCIA AOS OUTROS GALINÁCEOS.
OH MEU DEUS! ESTAMOS NUM ABATEDOURO!
CALMA... ESTAMOS NUM CAMPO DE CONCENTRAÇÃO
UFA! QUE SUSTO!
O ABOMINÁVEL Dr. ZIGOTO APRESENTA SUAS CRIATURAS AINDA MAIS ABOMINÁVEIS
SHLEPT SHLEPT SHLEPT
O GATO ELÁSTICO
TER UM GATO ELÁSTICO É BOM PORQUE ELE SEMPRE RECUPERA AS COBAIAS FUGITIVAS.
MAS É UM SACO QUANDO ELE ESTÁ NO CIO.
O ABOMINÁVEL Dr. ZIGOTO APRESENTA SUAS CRIATURAS AINDA MAIS ABOMINÁVEIS
A OVELHA SAGRADA
A OVELHA SAGRADA LEVITA.
AQUELA NUVEM PARECE UM CARNEIRINHO!
AUUUUM...
O QUE VOCÊ QUIS DIZER?
ACHO QUE ESTOU DE TPM.
EU TE ODEIO!
VAMOS CASAR!
EU TÔ GORDA?

O ABOMINÁVEL Dr. ZIGOTO APRESENTA SUAS CRIATURAS AINDA MAIS ABOMINÁVEIS
HERE'S BUNNY!
O COELHO PSICOPATA
BUNNY SEMPRE FOI UM PSICOPATA DESGRAÇADO. TENTEI CURÁ-LO COM UMA LAVAGEM CEREBRAL.
PARA!
MAS BUNNY NÃO MUDOU.
I'M SINGING IN THE RAIN...
COMEÇO A NÃO GOSTAR TANTO DE LARANJA MECÂNICA...
TIRA DIRIGIDA POR STANLEY KUBRICK
O ABOMINÁVEL Dr. ZIGOTO APRESENTA SUAS CRIATURAS AINDA MAIS ABOMINÁVEIS
A MOSCA DE 15 METROS
SEM QUERER, USEI O SPRAY EXPANSOR DE MOLÉCULAS EM UMA MOSCA CASEIRA E CRIEI ESTA MONSTRUOSIDADE.
SANTA VAREJEIRA!
FOI FÁCIL CAPTURÁ-LA. CRIEI UMA SOPA GIGANTE E ESPEREI QUE ELA POUSASSE.
O ABOMINÁVEL Dr. ZIGOTO APRESENTA SUAS CRIATURAS AINDA MAIS ABOMINÁVEIS
TA-DÁ!
O AVESTRUZ MÁGICO
AGORA VOCÊ VÊ O SEU RELÓGIO...
AGORA NÃO.

O ABOMINÁVEL Dr. ZIGOTO APRESENTA SUAS CRIATURAS AINDA MAIS ABOMINÁVEIS
FIQUEM ATRÁS DA LINHA AMARELA!
O URUBU PERITO CRIMINAL
FRATURA EXPOSTA DA TERCEIRA COSTELA, PERDA DE TECIDO MUSCULAR NO ABDÔMEN, PESCOÇO DILACERADO...
ALGO ME DIZ QUE NÃO FOI SUICÍDIO...
AS DIGITAIS BATEM COM AS DE ROGER, O LEÃO.
ELE VAI TER TEMPO PRA PENSAR NO QUE FEZ, QUANDO ESTIVER NO ZOO DE SEGURANÇA MÁXIMA DO ZIMBABWE.
O ABOMINÁVEL Dr. ZIGOTO APRESENTA SUAS CRIATURAS AINDA MAIS ABOMINÁVEIS
O MONSTRO DA LAGOA
O MONSTRO DA LAGOA PROCURA UMA COMPANHEIRA.
SOU UM CARA SENSÍVEL.
VAI DEVOLVER A MINHA FITA PORNÔ, OU NÃO?
ÀS VEZES, PASSA HORAS SUBMERSO.
CADÊ O MONSTRO?
TÁ POLUINDO A LAGOA...
O ABOMINÁVEL Dr ZIGOTO APRESENTA SUAS CRIATURAS AINDA MAIS ABOMINÁVEIS
NÃO COMPRE PRODUTOS PIRATAS.
HAMSTERS POWER RANGERS
ELES VIVEM DENTRO DE UM ROBÔ GIGANTE, QUE ELES USAM PARA DEFENDER A POPULAÇÃO DE TÓQUIO.
DIZEM QUE "AQUILO" DO BRASILEIRO É GRANDE.
AQUILO O QUÊ?
ORA, A DESIGUALDADE SOCIAL...
MAS QUANDO VOLTAM DO KARAOKÊ, FICAM NUM ESTADO LASTIMÁVEL.
ZUVA JI PRATA QUE ...IC!... CAI SEM PARAR...IC!
BLEAAARGH!
FALEI PRA NÃO BEBER E ANDAR NA RODINHA...

CEMITÉRIO
TU,,,TU,,,ALÔ?!
ELEONORA, EU VOLTEI PRA TE BUSCAR!
AQUI NÃO TEM NENHUMA ELEONORA.
ELEONORA, MEU AMOR,,,
TU,TU,TU,,,
ELEONORA?

CRÉU! CRÉU!
CRÉU!
CRÉU!
CRÉÉEU!

ESTE LADO PARA CIMA
O QUE HÁ DENTRO DA CAIXA?
LAFA
A: UM MOGWAI
B: GATINHOS
C: CIGARROS PARAGUAIOS
FRI
D: ÓRGÃOS HUMANOS
RESPOSTA: UM PASTOR EVANGÉLICO.
É SATANÁS QUE LEVA AS PESSOA PRO TÓXICO!
ESTE LADO PARA CIMA
O QUE HÁ DENTRO DA CAIXA?
LAFA
A: CACO, O SAPO
B: MACGYVER
C: ACELERADOR DE PARTÍCULAS
D: WHITE STRIPES
RESPOSTA: TODAS AS ALTERNATIVAS ESTÃO CORRETAS. HAVIA APENAS O MACGYVER DENTRO DA CAIXA, MAS ELE CRIOU UM ACELERADOR DE PARTÍCULAS USANDO APENAS COISAS QUE ELE TINHA NO BOLSO. A EXPERIÊNCIA DEU ERRADO. A CAIXA GEROU UM BURACO NEGRO QUE ENGOLIU A TERRA E TUDO QUE NELA HAVIA. INCLUSIVE CACO, O SAPO E THE WHITE STRIPES.
ESTE LADO PARA CIMA
O QUE HÁ DENTRO DA CAIXA?
LAFA
A: O CÁLICE SAGRADO
B: UMA CABEÇA ENCOLHIDA
C: BOB ESPONJA
D: KRIPTONITA
RESPOSTA: O ZANGADO.
VAI CUIDAR DA TUA VIDA, PÔ!

TODOS TEMEM O GORT
GORT É UM ROBÔ DE OUTRO PLANETA.
GORT TEM UM LASER DESINTEGRADOR E O PODER DE DESTRUIR A TERRA.
GORT GOSTA DE LEGIÃO URBANA.
NÃO TINHA MEDO O TAL JOÃO...
TODOS TEMEM O GORT
TIO, AJUDA A TIRAR O GATO DA ÁRVORE!
ZWIG ZWIG ZWIG
PRONTO. NÃO HÁ MAIS GATO NA ÁRVORE.
TODOS TEMEM O GORT
GORT É UM ROBÔ DE OUTRO PLANETA
GORT TEM UM LASER DESINTEGRADOR E O PODER DE DESTRUIR A TERRA.
E VEM COM MP3 PLAYER.
STAYING ALIVE

TODOS TEMEM O GORT
GORT ELIMINA RAÇA HUMANA!!!
TZOIN!
AJOELHEM-SE DIANTE DO PODER DO... OPS!
BANANAS. ELIMINAR A RAÇA HUMANA E AS BANANAS.
TODOS TEMEM O GORT
GORT VAI DOMINAR O MUNDO!
GORT VAI... MAS O QUE É ISSO?
VOCÊ QUER CONQUISTAR O MUNDO?
LIGUE PARA A CMC!
CONQUISTADORES DO MUNDO COMPULSIVOS
FUHRER REICH-SKANZLER!
CALA A BOCA, HITLER.
TODOS TEMEM O GORT
TRRRRIIIIM
ALÔ, GORT! VAMOS SAIR SEXTA PRA TOMAR UMA CERVEJA?
SEXTA-FEIRA NÃO POSSO. TENHO QUE EXTERMINAR A RAÇA HUMANA.

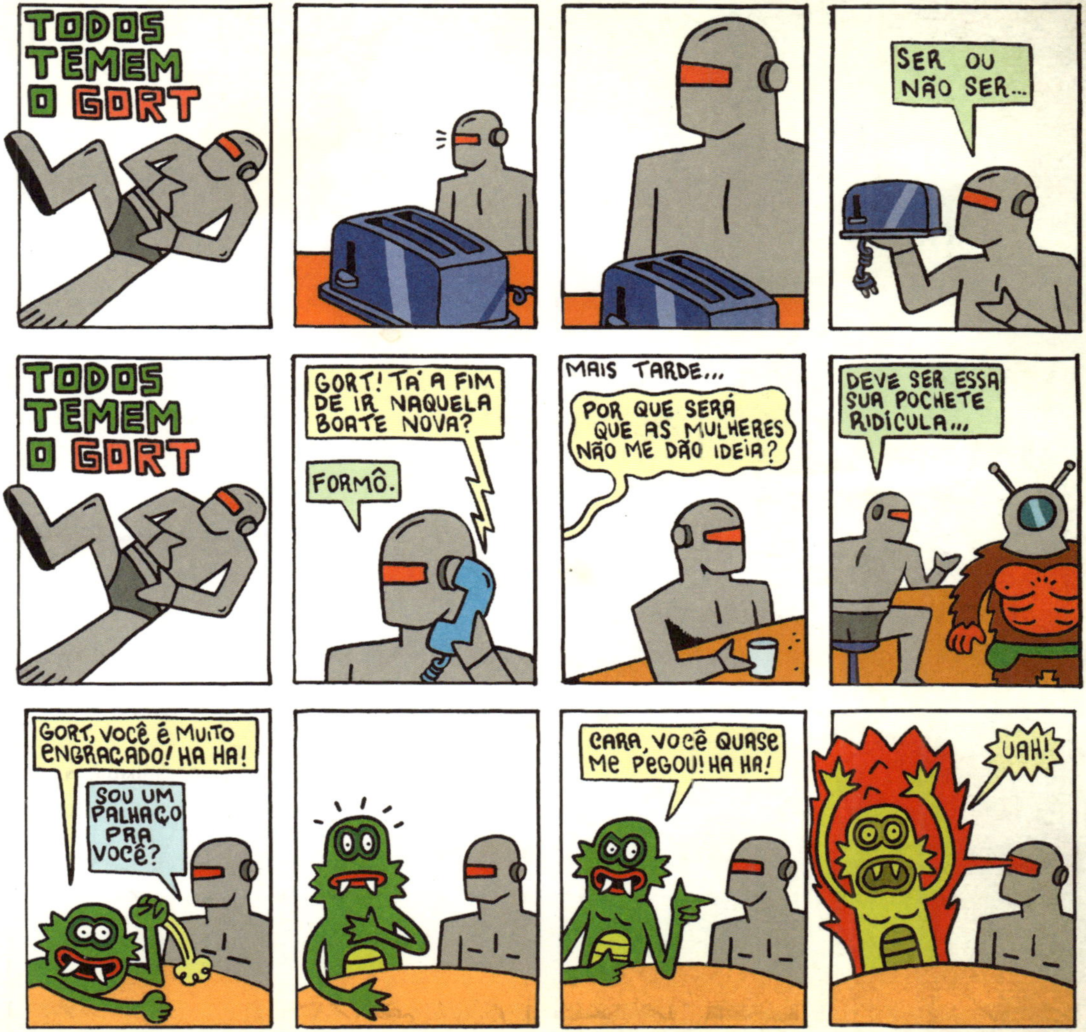
TODOS TEMEM O GORT
SER OU NÃO SER...
TODOS TEMEM O GORT
GORT! TÁ A FIM DE IR NAQUELA BOATE NOVA?
FORMÔ.
MAIS TARDE...
POR QUE SERÁ QUE AS MULHERES NÃO ME DÃO IDEIA?
DEVE SER ESSA SUA POCHETE RIDÍCULA...
GORT, VOCÊ É MUITO ENGRAÇADO! HA HA!
SOU UM PALHAÇO PRA VOCÊ?
CARA, VOCÊ QUASE ME PEGOU! HA HA!
UAH!

JULIETA
A REBENTA DO CAPETA
VOCÊS NÃO VÃO ACREDITAR NO QUE ESSA MENINA TEM PARA DIZER!
TIRE A MÃO DE MIM, SERVO.
SOU A FILHA DO DIABO!
EU JÁ DISSE QUE NÃO VOU FAZER DNA.
JULIETA
A REBENTA DO CAPETA
JULIETA COMPROU UM DISCO DE VINÍL DA FAT FAMILY.
SERÁ QUE A JULIETA CURTE FAT FAMILY?
NÃO FAZ O MEU ESTILO...
MAS A FAIXA 7 TOCADA AO CONTRÁRIO É UMA RECEITA DE BOLO DE FUBÁ...

ESTE E' O CEMITÉRIO MALDITO.
DONALD DUQUE
DIZ-SE DESTE CEMITÉRIO QUE TEM O PODER DE RESSUSCITAR OS BICHOS QUE LÁ SÃO ENTERRADOS.
VAMOS DANÇAR "THRILLER"!
PÔ, CHEGA DE THRILLER!
MAS OS ANIMAIS QUE VOLTAM DOS MORTOS, CARREGAM UMA MALDIÇÃO...
MALDIÇÃO?!
MALDIÇÃO! MALDIÇÃO!
CÓ!!
ELES LEVANTAM DE SUAS SEPULTURAS APÓS MEIA-NOITE..., E NESSE HORÁRIO NÃO HÁ MAIS NINGUEM ENTREGANDO PIZZAS.
NINGUEM ATENDE NO GIGIO'S.
MALDIÇÃO.
CEMITÉRIO MALDITO
TÁ COM PULGA, REX?
QUE PULGA O QUÊ!
SÃO ESSAS MALDITAS MINHOCAS!!!
CEMITÉRIO
MALDITO
QUANDO CHEGA MEIA-NOITE, OS MORTOS-VIVOS SE LEVANTAM DAS TUMBAS...
TÔ MORTO... FUI DORMIR TARDE.
PARA FAZER O QUE ELES FAZEM DE MELHOR: ASSOMBRAR OS VIVOS.
MIIIARRRRAUUUU!!!
MAS O CEMITÉRIO FICA LONGE DA CIDADE, E ELES TÊM QUE FRETAR UM ÔNIBUS.
SE A CANOA NÃO VIRAR, OLÊ, OLÊ, OLÁ...

CEMITÉRIO MALDITO
QUE FOI?
CÓ!
CÓ!
CÓ!
ALGUÉM ESTÁ EM PERIGO?! ME MOSTRE O CAMINHO!!!
POIN
POIN
NÃO COMETA ESSA LOUCURA!
EU QUERO VIVER!
AFASTEM-SE!
DROGA...
CEMITÉRIO MALDITO
A IMAGEM DA TV ESTÁ PÉSSIMA!
DEVE SER A ANTENA...
OS HAMSTERS ADORADORES DO DIABO SEMPRE ESCOLHEM MINHA ANTENA PARA COMETER SUICÍDIO COLETIVO...
HAMSTERS SUICIDAS ADORADORES DE SATÃ
FEZ AS CAMISAS PARA OS MEMBROS DA NOSSA SEITA?
FIZ.
MOSTRA AÍ...
TÓ.
ESTILO!
EU ♥ SATÃ

SOMOS OS HAMSTERS SUICIDAS ADORADORES DE SATÃ!!
DE ONDE VOCÊS VIERAM?
DO JAPÃO.
SEI... FALA ALGUMA COISA EM JAPONÊS.
HARAQUIRI!
SOMOS OS HAMSTERS SUICIDAS ADORADORES DE SATÃ
SOMOS FIÉIS AO GLORIOSO SATANÁS PORQUE ELE NOS DEU FAMA, DINHEIRO E MUITAS MULHERES.
UÉ, MAS VOCÊS NÃO SÃO FAMOSOS, NÃO TÊM DINHEIRO NEM MULHERES.
É VERDADE! ELE NOS ENGANOU!
HORA DO SUICÍDIO COLETIVO!
HAMSTERS SUICIDAS
GANHEI UM BICHINHO DE PELÚCIA!
EU TE AMO, URSINHO!
VOU PUXAR A CORDA DELE...
ADEUS MUNDO CRUEL!

Cães de ALUGUEL
FINGINDO DE MORTO, MR. BLUE?
POR QUE SEU DONO SÓ CORTOU UMA ORELHA SUA?
NÃO FOI MEU DONO QUE A CORTOU...
STUCK IN THE MIDDLE WITH YOU
Cães de ALUGUEL
DROGA! O MR PINK FICOU PRA TRÁS.

QUANDO CORRO DA POLÍCIA, UM INSTINTO PRIMITIVO DE SOBREVIVÊNCIA TOMA CONTA DE MIM.
MALDITO INSTINTO PRIMITIVO.
O MR. BLUE É UM PIT BULL.
TODA NOITE DE LUA CHEIA ELE SE TRANSFORMA EM...
UM LUTADOR DE JIU-JITSU.
CLARO QUE NINGUÉM TEM CORAGEM DE DIZER QUE ELE FOI CASTRADO.
TÔ COM A VOZ FINA.
DEVEM SER OS ESTEROIDES

MANDEI UMA CARTA DE AMOR PRA ELA.
VOCÊ, MEU AMIGO, É UM INGÊNUO.
MAS EU GOSTO DE VOCÊ.
VOCÊ SÓ ESTÁ AQUI POR CAUSA DOS MEUS PARASITAS.
EI, ATÉ QUE NÃO É TÃO INGÊNUO.
LAFA

JÁ CHEGA. NÃO AGUENTO MAIS SUAS DESCULPAS. VOU EMBORA.
CALMA, SOLANGE...
QUER SABER?! FODA-SE! VAI EMBORA MESMO!
ACHO QUE HOJE VOCÊS NÃO VÃO FAZER AQUELES BARULHOS ESQUISITOS.
LAFA

ESTOU APAIXONADO.
ELA É MUITA AREIA. VOCÊ VAI SE MACHUCAR.
VOU FALAR COM ELA.
A AUTOESTIMA É TUA, GORDUCHO.
LAFA

ei!
VAU, CARA... DÁ PRA ABRIR UM BAR NO TEU NARIZ!
JÁ TEM ATÉ UM PUFF!
SAI DE CIMA DO MEU CÉREBRO!
LAFA

Oi.
Oi.
ISSO JÁ ESTÁ FICANDO RIDÍCULO...
SUGIRO O BOLINHO DE PARASITA. É A ESPECIALIDADE DA CASA.
LAFA

COMO DISSE PLATÃO: SÓ SEI QUE NADA SEI.
SÓCRATES.
HUM?
FOI SÓCRATES QUEM DISSE ISSO.
ENTENDE O QUE EU DIGO?
LAFA

MASSA NOSTRA!
DON PANETONE
DON PANETONE É O PATRIARCA DE UMA FAMÍLIA DE MAFIOSOS. NENHUMA DECISÃO É TOMADA SEM A SUA APROVAÇÃO.
MISERICORDIA!
TUDO BEM... VITO, TIRE A GRANADA DA CUECA E PONHA NA BOCA.
DON PANETONE É DA VELHA GUARDA.
TONY ALICHE NÃO QUER FAZER ACORDO...
FAREI UMA PROPOSTA IRRECUSÁVEL.
IAARG!!!
MASSA NOSTRA!
AL MONDEGA
AL MONDEGA É O CONSELHEIRO DE DON PANETONE.
UMA VIDA FRAUDANDO IMPOSTOS E AGORA ISSO. QUE IRONIA.
HORA DE TROCAR AS FRALDAS, SENHOR.
CORTE A CARNE EM PICADINHOS E AQUEÇA EM FOGO BRANDO.
RECEITA DE CULINÁRIA?
QUEIMA DE ARQUIVO.
MASSA NOSTRA!
VITO CALABRESA
VITO CALABRESA É O BON VIVANT DA FAMÍLIA. JÁ PERDEU MUITO DINHEIRO COM APOSTAS.
ESSE AÍ NÃO ABRE MAIS O BICO...
CASO CEM PAUS QUE ELE FALA.
CASOU COM JÚLIA MUSSARELA, MAS COME MARIA MARGUERITA.
MINHA MULHER NÃO TEM TEMPERO.
AY, AY CABRON
SEXO, DROGAS E FRANK SINATRA.
MATOU JULIETA LASANHA?
♪I DID IT MYYY WAYYY♪

MASSA NOSTRA!
BABYSTEAK FACE
BABYSTEAK FACE É ASSASSINO POR NATUREZA E ESTUPRADOR POR OPÇÃO.
DON PANETONE ME DEU UMA VILA DE PRESENTE PARA PILHAR E SAQUEAR.
VOCÊ PRECISA EXTRAVASAR ESSA FÚRIA PRIMITIVA. VAI SER SAUDÁVEL.
É O FIEL EMPREGADO DA FAMÍLIA.
VOU COLOCAR UMA BOMBA NO CARRO DO TONY ALICCE. QUER ALGUMA COISA DA RUA?
PASSA NA PADARIA E COMPRA SEIS PÃEZINHOS.
E AINDA ARRANJA TEMPO PARA SE DEDICAR ÀS CRIANÇAS COMO UM DOS DOUTORES DA ALEGRIA.
MELHOR ENCONTRAR RÁPIDO UM MOTIVO PARA SORRIR.

MASSA NOSTRA!
JEAN ROQUEFORT
JEAN ROQUEFORT É O HOMEM DE DON PANETONE EM PARIS.
JE M'APELLE JORDY?*
* ONDE ESTÁ A GRANA DE DON PANETONE?
COM SEUS MÉTODOS POUCO ORTODOXOS É CAPAZ DE FAZER QUALQUER UM ENTREGAR A PRÓPRIA MÃE.
MARCEL MARCEAU! MARCEL MARCEAU!*
* NO CRIADO-MUDO! NO CRIADO-MUDO!
SEU ÚNICO DEFEITO É SEU FRACO POR VINHOS. ESPECIALMENTE OS DA MARCA SANG DE LE MU
JE VOUS SALUE, MARIE*
* DON PANETONE?! CLARO QUE CONHEÇO! EU JÁ TE DISSE QUE TE AMO?

MASSA NOSTRA!
TONY ALICCE
TONY ALICCE É O MAIOR DESAFETO DE DON PANETONE.
CONVIDE DON PANETONE PARA A FESTA DE NATAL.
MANTENDO OS INIMIGOS POR PERTO?
NÃO. QUERO A CABEÇA DELE NUMA BANDEJA, PARA A CEIA.
O ALVO PREDILETO DAS PIADAS DE SEU ADVERSÁRIO.
DON PANETONE ME MANDOU DORMIR COM OS PEIXES.
É INTELIGENTE MAS, COMO TODO PEIXE, TEM MEMÓRIA CURTA.
TENHO UM PLANO PARA DERROTAR DON PANETONE.
QUAL É?
QUAL É O QUÊ?

MANUEL'S
O PÉ-SUJO FAST-FOOD
NÃO VENDEMOS FIADO, Ó GAJO!
MANÉ LANCHE FELIZ
SURPRESA! O OVO ROSA FELIZ PARA AS MENINAS, KIBES MUTANTES PARA OS MENINOS.
O REFRIGERANTE QUE TIVER. GERALMENTE SODA.
CALABRESA BOIANDO NA GORDURA. DIVERSÃO GARANTIDA PARA CRIANÇAS.

MANUEL'S
O PÉ-SUJO FAST-FOOD
VÁ RALAR O CU NAS CONCHAS, Ó PÁ!
PROMOÇÃO Nº1
BATATA FRITA REQUENTADA
CERVEJA
COPO DE REQUEIJÃO
COXINHA SUPERSIZE

FUCK ROGERS
SE METENDO ONDE NENHUM HOMEM JAMAIS SE METEU.
CAPITÃO FUCK! PARECE QUE ESTAMOS CERCADOS POR PEQUENAS... ER... COMO DIZER... COISAS.
É A FROTA ESTELAR JAPONESA. NÃO SE DEIXE ENGANAR PELAS APARÊNCIAS, DR. SPERM.
ELES PODEM SER PEQUENOS, MAS SUA TECNOLOGIA É AVANÇADA PRA CARALHO.
LAFA

FUCK ROGERS
SE METENDO ONDE NENHUM HOMEM JAMAIS SE METEU.
CAPITÃO FUCK, ESTAMOS INDO EM DIREÇÃO AO CENTRO DO BURACO NEGRO!!!
CALMA, DR. SPERM... NÃO SE ESQUEÇA DE QUE ESTA NAVE TEM CULHÕES.
JUNTE TODO O ESTOQUE DE KY... VAMOS UNTAR A NAVE DE VASELINA. POTÊNCIA MÁXIMA!!!
RASG!

E FOI ASSIM QUE VOCÊ NASCEU.
QUE NOJO!
ALBÚM DE FAMILIA
QUE BEBÊ LINDO!!!
BLIRQ
TEM AS ORELHAS DO PAI.
OS OLHOS DA MÃE.
E A POLIDACTILIA DO AVÔ...
FALA, CABEÇA DE OVO!
EU NÃO TENHO CABEÇA DE OVO!
CRAC
TEM SIM!

ALGUÉM LARGOU UM CÃOZINHO AQUI... QUE GENTE MÁ.
MONSTROS... COMO PODEM FAZER...
VENHAM VER! A MAIOR ABERRAÇÃO CRIADA POR DEUS! É SÓ DEZ REAIS! VENHAM VER!
JESUS TE AMA!
JESUS TE AMA!
JESUS TE AMA!
...TE AMA!
WILMA, EU ACHO QUE ELE SABE! OH MEU DEUS, ELE DESCOBRIU!

UGA UGA CLOONEY
O NEANDERTHAL METROSSEXUAL
NÓS O PEGAMOS! CLOONEY, TRAGA A CORDA, RÁPIDO!
CLOONEY!
NO WAY! ACABEI DE FAZER A CUTÍCULA...
E EU PAREI DE COMER CARNE.

UGA UGA CLOONEY
O NEANDERTHAL METROSSEXUAL
UAU! QUE ESPINHA!
CLOONEY! EU ESTAVA ME REFERINDO AO FÓSSIL!
DIZEM QUE ESTERCO DE MAMUTE É ÓTIMO PARA A PELE.
A NATUREZA É MESMO SÁBIA.

UGA UGA CLOONEY
O NEANDERTHAL METROSSEXUAL
FAZENDO AMIZADES NOVAS NA ACADEMIA, HEIN?!
NADA QUE ATINJA MINHA MASCULINIDADE.
SACA O ABDÔMEN, HANS...
YA!
DANÇANDO TECHNO COM O AMIGO DE MALHAÇÃO, HEIN?!
NADA QUE ATINJA MINHA MASCULINIDADE.
CURTINDO, HANS?
YA!
DANDO PRO AMIGO DE MALHAÇÃO, HEIN?!
NADA QUE ATINJA MINHA MASCULINIDADE.
NÉ, HANS?!
YA!

UGA UGA CLOONEY
O NEANDERTHAL METROSSEXUAL
OOOOOOOOOOO...
HEI, CLOONEY, O QUE HÁ DE TÃO INTERESSANTE NESSE MONOLITO?
ORA, A MINHA IMAGEM REFLETIDA!

UGA UGA CLOONEY
O NEANDERTHAL METROSSEXUAL
MEU CACHORRO É A MINHA CARA.
ISSO É NORMAL. DEPOIS DE UM TEMPO DE CONVIVÊNCIA, OS BICHOS ASSIMILAM AS CARACTERÍSTICAS MAIS MARCANTES DE SEUS DONOS.
VOCÊ NÃO ENTENDEU.
MARQUEI UMA HORA PRA ELE COM O DR. TARÓG, CIRURGIÃO PLÁSTICO.

UGA UGA CLOONEY
O NEANDERTHAL METROSSEXUAL
COMO TODOS SABEM, O TACAPE É PEÇA FUNDAMENTAL NO JOGO DE SEDUÇÃO DO HOMEM DE NEANDERTHAL.
MAS PARA O AUSTRALOPITECUS METROSSEXUALIS, UM TACAPE TEM QUE TER UM ATRATIVO A MAIS. PENSANDO NISSO, A EQUIPE DE CRIAÇÃO DA MONKEY'S ESTÁ LANÇANDO O TACAPE FOSFORESCENTE.
ESSA NOVIDADE IRÁ ILUMINAR AS RAVES DO PERÍODO PALEOLÍTICO.
XÔ
OBS: ESTE PRODUTO PODE ATRAIR INSETOS GIGANTES.

OS ÓRGÃOS
VOCÊ NÃO SERVE PRA NADA!
CALMA! OLHA O ESTRESSE!
VAI TRABALHAR, VAGABUNDO!
POR QUE VOCÊ FALA ASSIM COM ELE?
É O PÂNCREAS.
VAI SECRETAR EM OUTRO LUGAR, GLÂNDULA INÚTIL!

OS ÓRGÃOS
E AÍ, CARA, TU SOUBE DA ÚLTIMA?
QUE FOI?
É O INTESTINO, CARA...
QUE QUE TEM?
TÁ PRESO!

TUM-TUM... TUM-TUM... TUM...
UGH!
OH MEU DEUS! ELE SOFREU UMA PARADA CARDÍACA.
VIVA, SEU DESGRAÇADO!
OBRIGADO POR ME SALVAR, MAS, DA PRÓXIMA VEZ, TENTE FAZER UMA MASSAGEM CARDÍACA.

A ÁGUA DA BANHEIRA ESTÁ QUENTINHA.
AAAH,,, QUE DELÍCIA!
MARCA-PASSO.
E AÍ, INTESTINO, TUDO EM CIMA?
PRRRRR!
PUTZ! QUE GROSSERIA!
E VOCÊ QUERIA O QUE DO INTESTINO GROSSO?
OLHOS, VÃO DAR UMA VOLTA.
UEBA!
AJUDE UM ESTÔMAGO FAMINTO.
O QUE OS OLHOS NÃO VEEM, EU NÃO SINTO.

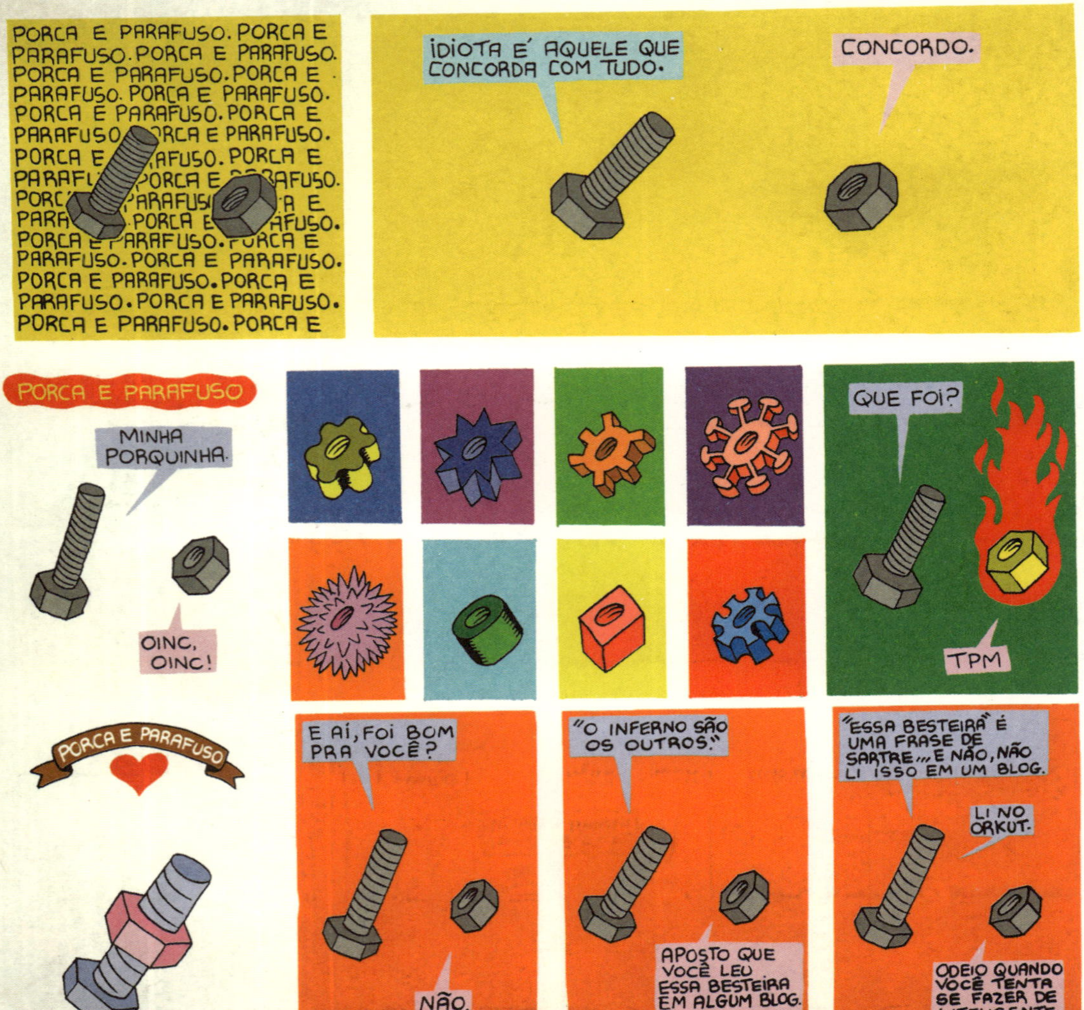

PORCA E PARAFUSO. PORCA E
PARAFUSO. PORCA E PARAFUSO.
PORCA E PARAFUSO. PORCA E
PARAFUSO. PORCA E PARAFUSO.
PORCA E PARAFUSO. PORCA E
PARAFUSO. PORCA E PARAFUSO.
PORCA E PARAFUSO. PORCA E
PARAFUSO. PORCA E PARAFUSO.
PORCA E PARAFUSO. PORCA E
IDIOTA É AQUELE QUE CONCORDA COM TUDO.
CONCORDO.
PORCA E PARAFUSO
MINHA PORQUINHA.
OINC, OINC!
QUE FOI?
TPM
PORCA E PARAFUSO
E AÍ, FOI BOM PRA VOCÊ?
NÃO.
"O INFERNO SÃO OS OUTROS."
APOSTO QUE VOCÊ LEU ESSA BESTEIRA EM ALGUM BLOG.
"ESSA BESTEIRA" É UMA FRASE DE SARTRE... E NÃO, NÃO LI ISSO EM UM BLOG.
LI NO ORKUT.
ODEIO QUANDO VOCÊ TENTA SE FAZER DE INTELIGENTE.

OS SERES MITOLÓGICOS CAEM NA REAL
OS CICLOPES SÃO CONHECIDOS POR SUA NATUREZA VIOLENTA.
PAI, PASSA A CARNE HUMANA!
NA VERDADE SÃO CRIATURAS SENSÍVEIS E BEM EDUCADAS.
COMO SE DIZ?
PASSA A CARNE HUMANA, POR FAVOR.
OS SERES MITOLÓGICOS CAEM NA REAL
CARONTE ERA O BARQUEIRO QUE AJUDAVA OS MORTOS A FAZEREM A TRAVESSIA DO RIO AQUERONTE.
OUTRO DIA ME APARECEU UM DE COLETE SALVA-VIDAS.
MAS A VIAGEM NÃO ERA DE GRAÇA.
NÃO TEM MENOR? VOU TER QUE DAR O TROCO EM BALINHA.
OS SERES MITOLÓGICOS CAEM NA REAL
?
DIZ-SE DAS GREIAS QUE JÁ VIERAM VELHAS AO MUNDO.
UNHÉ! QUERO MEU CALMANTE!
MINHA PRESSÃO TÁ LÁ EM CIMA!
QUEM SÃO VOCÊS?
AS GREIAS SÃO CEGAS. PARA VER O MUNDO AO SEU REDOR, ELAS DIVIDEM UM ÚNICO OLHO.
O CÉU ESTÁ TÃO VERDE...
ACHO QUE SOMOS DALTÔNICAS.

OS SERES MITOLÓGICOS CAEM NA REAL
DUENDES SÃO SERES ELEMENTAIS PRESENTES EM VARIADAS CULTURAS.
EU NUNCA VI UM DUENDE...
AAAAAH!!! TÁ PISANDO EM UM, IDIOTA!!!
SÃO SERES QUE PROTEGEM A NATUREZA DAS AÇÕES HUMANAS.
HORA DE REVER MINHA ESTRATÉGIA.
OS SERES MITOLÓGICOS CAEM NA REAL
OW, MULTIPLICA UMA MORTADELA AÊ, PÔ!
O DEUS DA MITOLOGIA CRISTÃ DISPENSA APRESENTAÇÕES. É O MAIS CONHECIDO E O MAIS CARENTE ENTRE OS SERES MITOLÓGICOS.
SE ME AMA MESMO, VAI TORTURAR ESSE INFIEL.
O REINO DE DEUS É COMO UM RESORT: TEM DE TUDO, MENOS UMA CLÍNICA DE ABORTO.
HEAVEN RESORT
SERES MITOLÓGICOS CAEM NA REAL
SEGUNDO A MITOLOGIA GREGA, CÉRBERO É O CÃO DE TRÊS CABEÇAS QUE GUARDA O PORTÃO DO INFERNO.
QUANDO ELES JOGAM BARALHO, UMA CABEÇA SEMPRE FICA DE FORA.
PARA DE OLHAR MEU JOGO, PÔ!

SERES MITOLÓGICOS CAEM NA REAL
O LOBISOMEM NÃO SE LEMBRA DAS COISAS QUE ELE FAZ QUANDO SE TRANSFORMA EM LOBO.
AAUUUUUU!!!
O QUE PODE SER EMBARAÇOSO QUANDO ELE VOLTA AO NORMAL
SERES MITOLÓGICOS CAEM NA REAL
EU ACREDITO EM MIM!
O MINOTAURO VIVE EM UM LABIRINTO.
ONDE FICA O BANHEIRO?
PRIMEIRA DIREITA... DEPOIS ESQUERDA, DIREITA, DIREITA, ESQUERDA, DIREITA ESQUERDA, ESQ...
SERES MITOLÓGICOS CAEM NA REAL
A MEDUSA TEM O PODER DE TRANSFORMAR EM PEDRA QUALQUER UM QUE OLHE DIRETAMENTE EM SEUS OLHOS.
OUTRA PARTE DA ANATOMIA DELA PROVOCA UMA REAÇÃO SIMILAR AO OBSERVADOR.
EI!

HOJE É DIA DE
ONÓFRE
UMA SAGA DE
PROPORÇÕES ÉPICAS
MAS O QUE ESTÁ ACONTECENDO?
POR QUE ESTÃO TODOS CORRENDO?
PARECE ATÉ QUE UM CAMINHÃO DE CERVEJA CAPOTOU.

HOJE É DIA DE
ONÓFRE
UMA SAGA DE
PROPORÇÕES ÉPICAS
O ONOFREZOIDE NÃO ENTROU NA CORRIDA PARA FECUNDAR O ÓVULO.
SERÁ QUE ELE NÃO TEM O INSTINTO DE SOBREVIVÊNCIA?
É CLARO QUE TENHO.
SÓ QUE O MEU INSTINTO DE COMODISMO É MAIS FORTE.

HOJE É DIA DE
ONÓFRE
UMA SAGA DE
PROPORÇÕES ÉPICAS
MAS AONDE TODO MUNDO VAI COM TANTA PRESSA?
O QUE É AQUILO?
NINGUÉM CONSEGUE ENTRAR. DEVE SER UMA DAQUELAS BOATES ONDE OS SEGURANÇAS SÃO ULTRASSELETIVOS.

HOJE É DIA DE ONÓFRE
UMA SAGA DE PROPORÇÕES ÉPICAS
TODOS OS ESPERMA-TOZOIDES ESTÃO MORRENDO. TODOS MENOS UM.
VOU PRECISAR DE ANOS DE ANÁLISE PRA SUPERAR ISSO.
O ÓVULO AINDA NÃO FOI FECUNDADO.
VOCÊS SÃO TODOS IGUAIS.
EU SOU DIFERENTE.
DIFERENTE COMO?
EU ADMITO QUE SOMOS TODOS IGUAIS.
HOJE É DIA DE ONÓFRE
UMA SAGA DE PROPORÇÕES ÉPICAS
ONOFREZOIDE ESTÁ CONVERSANDO COM UM ÓVULO.
VOCÊ VEM SEMPRE AQUI?
AQUI NA... HUMMM...
TROMPA DE FALÓPIO?!
HOJE É DIA DE ONÓFRE
UMA SAGA DE PROPORÇÕES ÉPICAS
ONOFREZOIDE E O ÓVULO ESTÃO CONVERSANDO.
VEM VINDO GENTE.
TEM ALGO DE ERRADO.
PARECE QUE O REX ENTROU NA FESTA.
BIZARRO

HOJE É DIA DE ONÓFRE
UMA SAGA DE PROPORÇÕES ÉPICAS
VAI ME FECUNDAR OU NÃO?
CLARO! E EU ENTRO POR ONDE?
QUER SABER? OLHA... ACHO QUE NÃO VAI ROLAR...
HOJE É DIA DE ONÓFRE
UMA SAGA DE PROPORÇÕES ÉPICAS
VEM VINDO MAIS GENTE.
ACHO QUE ESTAMOS DENTRO DA CICCIOLINA.
HOJE É DIA DE ONÓFRE
UMA SAGA DE PROPORÇÕES ÉPICAS
VAI ME FECUNDAR OU NÃO?
NÃO SEI...
NHÁ!

HOJE É DIA DE ONÓFRE
UMA SAGA DE PROPORÇÕES ÉPICAS
ONOFREZOIDE FECUNDOU O ÓVULO E AGORA É UM FETO
EU DEVIA TER TRAZIDO O BARALHO...
HOJE É DIA DE ONÓFRE
UMA SAGA DE PROPORÇÕES ÉPICAS
A VIDA É MESMO INJUSTA.
EU, POR EXEMPLO, NUNCA COMETI NENHUM CRIME...
MAS TENHO QUE CUMPRIR NOVE MESES DE SOLITÁRIA.
HOJE É DIA DE ONÓFRE
UMA SAGA DE PROPORÇÕES ÉPICAS
QUE TÉDIO.

VIERAM DE OUTRO PLANETA.
VIERAM PARA DOMINAR A TERRA.
MAS ELES NÃO ESPERAVAM SER DERROTADOS POR...
UM CISCO! ASSOPRA! ASSOPRA!
NÃO COÇA QUE INFLAMA!
VAMOS LÁ, WENDY! VOCÊ CONSEGUE VOAR!
TCHAU, FILHO!
TCHAU, QUERIDA.
BOM TRABALHO.

OLHEM QUE ESPÉCIME MAGNÍFICA DE SUCURI!
ELA ESCOLHEU SUA PRESA. OBSERVEM ENQUANTO OS OSSOS DA VÍTIMA SÃO ESTRAÇALHADOS.
AGORA A POBRE VÍTIMA ESTÁ FADADA A UMA MORTE LENTA E DOLOROSA.
CONTINUE GRAVANDO, CARLOS!

ESTÁ VIVO!
CAFA
BATEU UMA DEPRESSÃO PÓS-PARTO.
POR ESSA EU NÃO ESPERAVA.

Laerte | 22h18 14out10 | 5 comentários
O Vinicius Arnoni lembrou dessa tira que o Daniel Lafayette - meu amigo e puta autor de quadrinhos - fez em 2007.
É mesmo uma ideia bem parecida com a que eu fiz agora em 2010 e postei em "mtv 8, 9,10,11,12 e 13". A do "Kluh".
Isso prova várias coisas - que o Lafayette é um puta autor há vários anos, que o Vinícius tem uma memória ótima e que eu sou um mísero plagiador.
Brincadeira.
Essas coisas acontecem!

Tira do Lafayette que eu chupei descaradamente

5 comentários

Pedro Ribeiro | outubro 14, 2010 10:41 PM | Reply
Fica triste não, Laerte, acontece mesmo. Esse fenômeno se chama criptomnésia: http://en.wikipedia.org/wiki/Cryptomnesia

mc | outubro 14, 2010 10:56 PM | Reply
Cryptomnesia. Posso dormir hoje feliz com uma palavra e uma desculpa nova.(Barthes diria que as ideias estão por aí, circulando)

Chico Patriota - Profeta do Apocalipse
outubro 15, 2010 9:04 AM | Reply
Você é o Grande Mestre! Você pode se dar ao luxo disso!

peixinho | outubro 15, 2010 9:52 AM | Reply
é isso aí, Roland Barthes explica.

Daniel Lafayette | outubro 15, 2010 8:11 PM | Reply
Ah, Laerte, não tem isso não. Eu mesmo já "plagiei" um montão de gente. Mas sério, é bem aquilo que a Maria falou. As ideias estão no ar. Eu jamais me preocuparia com isso. Fiquei mesmo foi feliz de ler esse teu post. Obrigado mesmo.

ULTRALAFA COPYRIGHT © 2011 BY LAFA
DEDICADO AOS MEUS PAIS.

Este livro foi abduzido em 1970 e trazido de volta a terra em março de 2011 pelas máquinas impressoras da Gráfica Santa Marta. Sua composição molecular segue as seguintes especificações: capa em papel triplex 300g e miolo em off-set 120g__www.leya.com.br
www.editorabarbanegra.com.br